5.95

D1151208

APPASSIONATA

LOUISE MAHEUX-FORCIER

APPASSIONATA

Roman

PIERRE TISSEYRE
8955 boulevard Saint-Laurent — Montréal, H2N 1M6

Dépôt légal : 3ème trimestre de 1978
Bibliothèque nationale du Québec

ISBN-7753-0119-1

*À Pierre Tisseyre
et à Geneviève Gilliot
pour nos quinze ans
de merveilleuse collaboration.*

AVANT-PROPOS

Mon bien cher éditeur,

J'en suis à ce moment de ma carrière et à cet âge de la vie où tous les écrivains, sans doute, s'interrogent sur le bien-fondé de leur démarche, et se demandent s'ils n'ont pas fait fausse route en sacrifiant à leurs chimères et à l'insatiable besoin de les raconter, non seulement tant de bonnes réalités que leur main aurait pu saisir si elle n'eût sans cesse été encombrée d'un stylo, mais tant de misères qu'ils auraient pu soulager si leur esprit n'eût été, jour et nuit, plus attentif à suivre une idée fixe et à bâtir une phrase qu'à se pencher sur les problèmes de leur proche entourage . . . tout cela pour en arriver à émouvoir ou divertir quelques milliers de lecteurs dont une dizaine, au plus, prendront la peine de dire merci pour avoir savouré pendant deux heures un plaisir qui vous a coûté deux ans . . . tout cela pour s'apercevoir, en fin de compte, qu'on va mourir seul . . . et sur la paille !

Je ne vous ai pas habitué à de tels propos, cher monsieur Tisseyre, mais vous comprendrez, j'en suis certaine, en lisant le manuscrit que je vous présente et vous demande de publier, pourquoi je ressens, peut-être prématurément et peut-être davantage que n'importe quel autre écrivain, une si profonde tristesse à la pensée d'avoir consacré les plus belles années de mon existence à une cause qui n'en méritait pas tant, et dont le jeu ne valait pas la chandelle . . .

Pourtant, avec quelle émotion j'évoque, encore maintenant, le jour où je suis entrée en littérature comme on entre en religion, avec la même ferveur et la même foi, portée par une foule de fidèles si nombreux et exaltés que, ni mondaine, ni même sociable — et de surcroît affligée d'agoraphobie depuis mon enfance —, je dus bien décevoir.

C'était le dix-sept octobre mil neuf cent soixante-trois . . . et parmi cette foule, il y avait Renée R. dont vous ne vous souvenez certainement plus, puisque vous n'avez même pas retenu (avec raison, je n'en doute pas,) le texte qu'elle vous avait soumis dans l'espoir de remporter le « Prix du Cercle » qui, décerné cette année-là à

12

« Amadou », a décidé de mon sort . . . et probablement du sien !

Je me demande encore comment il se fait qu'au milieu de tant de visages étrangers, j'aie si bien remarqué celui-là dont le beau regard sombre et intense ne cessait de me poursuivre d'un photographe à l'autre, d'un micro à l'autre . . . Le lendemain, je me rappelais ce visage comme on doit se souvenir d'une bouée quand on a échappé à la noyade ! et lorsque Renée m'a téléphoné quelques semaines plus tard pour me demander un rendez-vous, en s'identifiant, je n'ai eu aucune peine à la situer ; c'est presque avec gratitude que j'ai accepté de déjeuner avec elle, alors que je déclinais systématiquement les invitations de ce genre qui avaient déjà commencé à pleuvoir sur moi, mon premier roman ayant déclenché la petite tempête que vous savez ! dans un verre d'eau rempli à ras bord, qui n'a pas cessé de déborder depuis, et d'engendrer bien d'autres ouragans !

À la suite de cette première rencontre, « en tout bien tout honneur », nous avons pris doucement l'habitude de nous voir régulièrement, bien qu'à des intervalles fort irréguliers, car non seulement Renée était lunatique, mais elle avait commencé à travailler comme reporter-photographe pour un journal qui la faisait beaucoup voyager.

Je ne crois pas avoir eu d'amie à la fois plus

13

discrète et plus intime. Je m'étais habituée à elle comme au chien qui dort sur mes pantoufles pendant que j'écris, pieds nus dans la laine du tapis.

J'allais quelquefois chez elle où elle avait aménagé, sous les combles d'une maison-château (dont les autres membres de sa famille occupaient les étages inférieurs), un fort joli studio encombré de livres, de disques . . . et de plantes vertes.

Je préférais cependant qu'elle vienne chez moi pour la raison très simple que je vous ai déjà dite : je ne suis pas sociable et, même bienveillantes, les multiples intrusions de l'un ou l'autre des personnages qui composaient sa petite tribu, me gênaient, et enlevaient tout charme à notre intimité. Peu à peu, elle trouva plus agréable, elle aussi, la solution de venir chez moi, mais pour une raison tout à fait différente : elle pouvait alors consulter, tout à loisir, ce qu'elle appelait « ma cuisine littéraire » . . . et mes « recettes » !

Elle arrivait généralement à l'improviste (mais, si curieux que cela puisse paraître : sans jamais me surprendre ou me déranger), à l'heure où je m'installe au coin du feu ou au jardin, selon la saison, pour chercher un peu d'inspiration dans un martini sec . . . ou deux ! . . .

Tout ce que me demandait Renée, après avoir égayé mon pauvre chien qui s'ennuie à mourir avec moi, c'était la permission de lire le manuscrit en cours, l'histoire qui cheminait, encore à l'état de feuilles volantes et de brouillons raturés . . . Elle avait pour mes écrits une sorte de passion qui ressemblait à celle des archéologues, enfin . . . de ceux d'entre eux dont j'oublie le titre, mais qui s'appliquent à décoder des hiéroglyphes . . . Elle se plaisait au plus indéchiffrable de mon écriture comme si, au cœur même d'un mot illisible, se fut trouvée la clef centenaire, mystérieuse, et toute rouillée, d'un art dont elle prétendait que j'avais le secret . . .

J'avais beau essayer de lui faire admettre qu'il n'y avait pas de secret, mais seulement du courage, de la solitude, un peu de talent et surtout un absurde acharnement, elle hochait la tête avec un sourire sceptique et se replongeait dans mes paperasses, tandis que je rêvassais en admirant son abondante chevelure noire qui lui donnait l'air d'une gitane et qui accrochait si bien les rayons du soleil ou les lueurs du feu que j'en étais jalouse comme du poil de jais de mon épagneul . . . Et si d'aventure une conversation s'animait entre nous, au lieu de m'informer de sa santé, de ses amours, ou de son travail et de lui donner humblement les conseils qu'elle ne cessait de réclamer, je lui parlais . . . de ses cheveux !

Sur la foi du premier refus et persuadée que vous ne pouviez pas avoir eu tort (ni vous, ni tout un éminent jury), j'étais persuadée également que Renée n'écrivait qu'en « imagination », et je ne me rappelle pas lui avoir demandé de me donner à lire ce qu'elle m'annonçait, toute joyeuse, avoir « pondu » la veille ! Mais au fond, tout cela est tellement vague aujourd'hui et j'ai cultivé cette amitié si distraitement qu'il peut bien m'être arrivé un jour de rabrouer si vertement ma jeune admiratrice, à cause de quelques mauvaises pages qu'elle m'aurait montrées, que l'idée de revenir à la charge lui soit à jamais sortie de la tête.

Mais je ne vais pas faire un roman de tout cela ! Le roman, c'est elle qui l'a fait ! et lorsque j'ai eu le manuscrit en main, l'auteur était morte.

Pour la première fois depuis quinze ans, je suis sortie de ma tour d'ivoire pour entrer dans celle d'autrui . . . J'ai mis de côté le livre que je vous avais promis pour janvier et je me suis astreinte à corriger et à remanier si considérablement celui-ci que je me crois autorisée à le signer de mon nom qui a déjà fait ses preuves, dans l'espoir que vous le trouverez publiable et que Renée, cette fois, n'aura pas à essuyer un refus, au fond de son terrible et définitif anonymat.

Tout en revoyant ses phrases, de façon à en respecter le sens et à bien traduire les intentions les plus farfelues, j'ai l'impression d'avoir réparé une faute grave . . . Peut-être penserez-vous la même chose le jour où vous me remettrez le premier exemplaire de cet « Appassionata » . . . et serons-nous alors, ensemble, pardonnés.

En m'excusant de ce long préambule que je crois nécessaire de mettre en exergue, je vous prie d'ajouter, en addenda, le post-scriptum ci-joint que je considère tout aussi indispensable, mais que je vous prie de lire seulement après avoir pris connaissance du texte.

Veuillez agréer, cher éditeur, pour m'avoir tant de fois encouragée dans ce métier que nous savons tous deux le plus fou du monde, l'expression, tout de même, de mon infinie reconnaissance.

L. M.-F.

APPASSIONATA

La porte a claqué si violemment derrière moi que, parvenue au bout de l'allée, j'entendais encore tinter la verrière. Par-dessus les arbres et les toits, le ciel avait la couleur d'une eau de piscine. J'aurais voulu qu'il me pousse des ailes pour aller nager dans l'espace mais, tandis que ma pensée faisait l'oiseau aquatique et que mes yeux s'embuaient de ce bel azur liquide, j'ai buté contre l'un des deux lions de pierre qui flanquent la grille du domaine, j'ai manqué la première marche, et c'est dans le trottoir que j'ai plongé ! À la rue ! Fille de rue ! Pour la centième fois maudite par mon père et, pour de nombreuses semaines, munie du puissant viatique des malédictions.

Rassure-toi, Mélie, j'ai roulé comme une boule . . . comme au plus creux de nos plus folles soirées quand c'était notre façon d'utiliser l'escalier du couloir, toujours garanties des écorchures et des ecchymoses par les vapeurs amollissantes de l'alcool, la robuste épaisseur bleue de nos jeans et le moelleux atterrissage dans le giron de madame Yvonne qui, de surprise, en oubliait de vitupérer.

J'étais pourtant à jeun, tu penses bien. Je ne me suis jamais présentée au bercail que dans l'innocence du premier âge et mon état normal pour la raison très simple que je m'y rends toujours en désespoir de cause, pour mendier, quand je n'ai plus un traître sou pour les paradis artificiels et que mes autres bailleurs de fonds sont en pleine crise d'avarice.

L'indigence, Mélie ! quel coup dans l'orgueil ! . . . Au moins, quand nous étions deux pour affronter cette brutale adversaire, deux pour nous moquer des vaches maigres et des fins de mois, dans le rire, en nous caressant ! . . . Inutile de préciser que je compte pour du vent la présence capricieuse de Pascal qui considère mon logis comme un pied-à-terre, mais prend la poudre d'escampette sitôt que la terre tremble.

Où en étais-je ? . . . Ah oui ! dans la lune, comme d'habitude ! les yeux au ciel et les genoux dans le béton ! Rassure-toi, je te dis . . . D'abord cet escalier n'a que trois marches, tu le sais, et si les trente-cinq ans que j'ai eus la veille de ton départ m'ont brisé le cœur, ils ont par contre laissé tout le reste intact. J'ai rebondi comme un poids plume. Agilité et souplesse m'ont sauvée si promptement du ridicule que personne n'aurait eu le temps de s'en réjouir s'il y avait eu affluence, mais, de toute façon, je n'avais même pas couru ce risque car, à cette heure matinale d'un beau samedi de canicule, les habitants du quartier sont tous au fond des jardins, en train de respirer le parfum des roses, de couper l'herbe au plus ras, de soigner les géraniums et d'assujettir les clématites aux poutrelles des pergolas . . . Je pourrais même jurer, tant j'ai l'expérience de leurs coutumes, que la plupart d'entre eux — à qui la fortune n'a pas épargné les calamités du troisième âge, les infirmités de toutes sortes, les aigreurs d'estomac et l'aigreur du fatal désamour — en profitent pour régler leurs comptes, en sourdine, entre deux buissons ardents, maniant l'arrosoir, le sécateur et l'injure avec des gants fleuris et cette princière élégance que le plus mal poli des parvenus acquiert tout naturellement en même temps que le pouvoir d'acheter ces ahurissants palaces de carrare et de briques romaines, mieux ceinturés de colonnes que le temple de Vesta, et dont les fenêtres aux vitraux flamboyants sont mieux grillagées que celles du palais Borghèse . . .

Ainsi, avenue des Tilleuls, il n'y a pas plus grand seigneur que mon père dont l'adolescence a pourtant logé à l'enseigne de la belle étoile. Il ne s'en vante que dans la plus stricte intimité et tu n'as jamais pensé, avoue-le, lorsqu'il t'accordait le privilège d'une audience, trônant dans l'un de ses fauteuils d'apparat sous l'œil satisfait d'ancêtres cerclés de dorures, que ses jeunes fesses n'avaient connu que les bancs de parc et que les portraits venaient de la rue Craig ? . . . Certains jours d'ailleurs, j'en ai la gorge serrée d'admiration en songeant à ce qu'il faut d'adresse et de courage pour s'élever tout seul au sommet de l'échelle sociale alors qu'on n'a eu que la fange pour berceau, la rue pour école, et le chômage pour exemple . . . Mais par un juste revers des choses, c'était à mon tour de me débattre dans les bras de la misère en prenant les grands moyens pour en sortir. Noblesse oblige !

De l'argent, j'en avais obtenu. Je dois même dire que la somme dépassait largement mes espérances et m'aurait fait fondre de bonheur, là, sur le trottoir, si je n'avais eu encore à l'oreille, outre les anathèmes, l'ultimatum qui avait souligné la signature au bas du chèque . . . Cette fois, c'était sérieux ! Cette fois, c'était la dernière ! « Travaille où tu voudras, mais travaille ! »

À cause de sa tournure, cette phrase m'en a rappelé une autre qu'il affectionnait autrefois : « Va chez le diable si tu veux, mais rentre à onze heures ! » . . . Que le diable ait été quelqu'un de fréquentable avant onze heures m'apparaissait certes singulier, mais comme mon père est un homme chanceux, je n'ai jamais eu l'occasion de lui prouver, un ballon dans le ventre, que lui n'avait que la bosse des affaires et, qu'en affaires humaines, il était plus borné qu'une buse.

Je t'épargne le reste, ma chère Mélie !... « Mauvaise graine ! Mouton noir ! Dévergondée ! Dévoyée ! »... C'est le crescendo des synonymes dans la fumée havanaise, mais le naturel ne se laisse pas chasser sans mot dire ! Si réussi que soit le maquillage, arrive toujours le moment où il coule et, si bien appris que soit le texte, arrive immanquablement, pour combler un trou de mémoire, le juron des moments intimes. On entend alors revenir au galop l'accent des écuries jusqu'à l'apostrophe involontaire et malencontreuse qui sent le tabac noir à pleins naseaux, qui trahit les bas-fonds originels, qui convoque au festival du mot juste l'ancien voyou des terrains vagues et le puceau des maisons closes.

N'était le vocabulaire, on se croirait à l'église à l'heure des litanies. Mais, curieusement, l'officiant s'énerve au lieu de s'endormir en ronronnant comme tout bon moine qui se respecte. De synonymes en métaphores, en termes de plus en plus précis, en expressions de plus en plus crues, la mâle indignation va atteindre un paroxysme et viser en ma personne, d'un seul mot cinglant que tu devines, le plus vieux métier du monde.

Heureusement, depuis plusieurs minutes déjà, j'ai flairé la suprême insulte et me suis mise à l'abri dans la distraction comme une sainte dans sa niche . . . Il se peut, Mélie, que je ne t'en aie jamais parlé, mais, à ces moments-là, je me retranche dans le souvenir de sœur Adèle qui, elle au moins, avait un vrai talent pour les litanies : joignant le plaisir à la prière, le geste au compliment, le rite à l'incantation, c'est d'une main joyeuse et experte qu'elle remodelait sur ma féminité naissante les chaudes rondeurs d'une Vierge refroidie depuis deux mille ans, tandis que, chuchotante et insidieuse, sa voix obtenait de ma bouche reconnaissante des réponses que ne donnent jamais les effigies . . . Cela se passait à des heures que mon père eût sans doute jugées très convenables et inoffensives, étant donné que ma bonne maîtresse choisissait en général les premières lueurs de l'aube pour m'enseigner le langage de l'adoration, à l'insu de tout un dortoir encore endormi . . . Mère incomparable . . . Étoile du matin . . .

Tu m'objecteras que si sœur Adèle était un peu diablesse, elle ne risquait cependant pas de me faire un enfant ! et j'apprécie d'autant plus cette remarque, prévisible de ta part, que n'étant pas maternelle de nature, j'ai toujours apprécié de ne pas courir avec toi le risque de me retrouver enceinte au lendemain de nuits passionnantes et passionnées.

Trêve de folies ! Quelqu'un d'autre que toi lisant cette lettre penserait que je m'en vais tenir le genre humain responsable de ce que je suis devenue !

Par bonheur, toi qui connais les replis les plus mystérieux de mon cœur et de mon corps, tu sais que si je suis très humaine, ce n'est pas pour autant mon genre d'accuser l'univers de tous les péchés d'Israël. La nature m'a douée au contraire, en même temps que d'un physique agréable (si j'en crois les dires d'Adèle ou les tiens ! et non ceux des miroirs qui n'ont pas d'intérêt, eux, à mentir !) d'un esprit optimiste, fortement enclin à l'indulgence, généralement satisfait du cours des choses, et porté à penser qu'à quelques exceptions près, chacun fait son possible pour ne pas nuire au voisin et pour user avec circonspection des atouts et des tares que le Hasard distribue à l'aveuglette.

Pour ce qui est de sœur Adèle, c'est plutôt de gratitude que je suis animée en lui faisant les honneurs de ma plume. Combien de fois ne m'a-t-elle pas rendu visite dans les alcôves adultes du plaisir qu'elle auréolait du virginal souvenir d'une cornette, parfumait d'un encens clandestin et enveloppait de soyeux jupons noirs . . . Mais non, jamais avec toi, ma chérie ! . . . Je n'ai jamais demandé à sœur Adèle de sanctifier nos ébats, à ton insu, cachée dans quelque cellule morte de mon cerveau ! . . . Je n'ai pas besoin de te le jurer, tu me connais, Mélie ! . . . tu aurais deviné . . .

Telle que je te connais, moi, je devine que tu commences à t'impatienter. Tu viens d'allumer une cigarette (j'espère que les Italiens les roulent aussi bien que nous !) et tu te demandes où je veux en venir avec mon chèque, mon trottoir et mes digressions . . . Tu vois, Mélie, je ne t'ai peut-être jamais dit combien j'admire ta façon d'aller droit au but comme une flèche. J'ai eu souvent l'impression que tu levais tes idées comme une petite armée de soldats de plomb et je te comprends d'être agacée par le cheminement tortueux des cent mille pensées qui m'assaillent ensemble et que je ne sais ni mettre en rang, ni conduire à la baguette, comme toi. Un jour, tu me diras ton secret ? . . . Il est vrai que ton exemple, à lui seul, aurait déjà dû faire merveille, mais il faut croire que je suis piètre mime, ou bien qu'avant toi, j'avais pris trop de plaisir à faire la girouette dans le désordre du monde pour ne pas te considérer comme une étonnante, mais inimitable exception . . .

Chère Mélie, comme je t'aime ! J'ai bien envie de te dire aussi que je te déteste et que je donnerais à la fois la Rome des Césars et la Rome des papes pour t'administrer une bonne fessée au creux de notre grabat d'Amérique, mais je ne serais pas sincère . . . Premièrement : je t'aime. C'est dit pour toujours. *Secundo* : . . . En écrivant « *secundo* » au lieu de deuxièmement, j'ai oublié ce que j'avais en tête. Cela avait sûrement quelque chose à voir avec la Latium, le Colisée, les vases étrusques et la Louve . . . Quand j'aurai trouvé, je glisserai n'importe où le texte intégral du feuillet que j'ai momentanément égaré. Tu n'auras qu'à faire un peu d'ordre, ménagère !

Ainsi que je te l'ai raconté plus haut, la petite avenue était si déserte que je n'avais pas risqué d'être aperçue dans la pose dégradante d'une dévote agenouillée au pied de la *Scala Santa* . . .

(Comme tu peux le constater, j'ai quelques lueurs sur la Rome catholique ! C'est grâce à toi ! et j'en profite pour te remercier des superbes livres que tu m'as envoyés. Je les sais déjà par cœur, textes et images, et la Ville éternelle est à ce point devenue ma ville intime que je pourrais peut-être te dire combien de célébrités se mirent en ce moment dans les glaces encadrées de brocart du Café *Greco*, combien de mains endiamantées tapotent le travertin des tables rondes et caressent le velours rouge des légendaires banquettes ; je pourrais te dire combien de pièces de dix lires il y a dans la vasque de la fontaine de *Trevi*, combien de pigeons survolent la belle place *Navona* et de combien de fientes ils l'ont souillée depuis l'aurore . . . Mais je reviens à mes moutons, non sans te remercier encore pour ces précieux documents qui transforment en leçons de choses les arides leçons d'Histoire, qui transforment en touriste naïve et émerveillée l'étudiante rétive que je fus, toujours embrouillée dans les dates, les guerres et les styles, toujours répondant de travers à la moindre question relative aux œuvres d'art, à cause des jeux du soleil sur la feuille d'examen ou des folies de mon cœur déjà te cherchant d'un pupitre à l'autre . . . Mélie ! si longtemps je t'avais désirée ! . . . Pourquoi ? . . . En tous cas, merci surtout de m'avoir expédié ce trésor « *per avione* » ! Tu es devenue riche toi aussi ? . . .)

L'avenue étant donc déserte, je me suis mise à rire à gorge déployée sans risquer l'internement ; tu n'ignores pas, sans doute, que cette délectable occupation est le propre de l'homme mais qu'elle est néanmoins tenue pour suspecte dès que l'homme en question s'y adonne en solitaire ! . . . T'arrive-t-il aussi quelquefois de rire toute seule et tout haut dans les rues de Rome, seulement parce qu'il y a des pins parasols au bout de ton regard ? seulement parce que tu es contente d'être enfin libérée de moi ?... Veille à ce qu'on ne te voie pas, ma chérie... On enferme, pour moins d'un éclat de rire sans écho, des innocents que la vie enchantait et qui n'auraient pas fait de mal à une mouche... alors qu'on laisse en liberté, dans le bar où il se saoule en pleurant, le déséquilibré qui va tuer sa femme une heure plus tard, ayant prévenu son entourage en général, son psychiatre en particulier, et le barman, de surcroît !... Sois prudente !...

C'était un moment merveilleux. J'étais débarrassée du vieux pour d'incalculables jours, peut-être pour des mois... J'en avais pour une éternité avant de devoir supporter, sans m'attendrir, la larme à l'œil de l'hypocrite et cupide chipie qui se prend pour ma mère parce qu'elle l'a remplacée dans le lit de mon père quand j'avais dix ans... mais dont je n'irai pas jusqu'à prétendre qu'elle fut à mon endroit la marâtre classique, de mise en pareil cas ! Tu l'as rencontrée : c'est tout au plus un caractère de cochon dans une peau d'éléphant, une fort religieuse personne, par ailleurs, mais qui ne peut s'empêcher d'attendre une allocation supplémentaire et bien sonnante pour nous avoir élevés chrétiennement, Pascal et moi, allocation méritée, il faut en convenir, à condition naturellement de penser à l'effort et non aux résultats...

Pascal à qui je viens de lire ce paragraphe inachevé me croit en pleine autobiographie, vipère au poing, et se tord de rire sur sa guitare. Il trouve que j'ai du talent et que, tout compte fait, la messe a du bon, qui suscite tant de vocations d'artistes, de marginaux et de révoltés . . . Parenthèse : l'allusion à mon talent est d'une méchanceté transparente, car mon frère est témoin depuis toujours, non seulement de ma passion pour l'écriture, mais aussi de mes déboires chez les éditeurs ! Je ne suis pas d'humeur à riposter ! Fin de la parenthèse . . . Tu devrais le voir ! Il est beau comme un cœur avec ses longs cheveux blonds sur les épaules, ses grands yeux jaunes frangés de khôl et le duvet châtain d'une barbe de trois jours: un vrai lévrier afghan ! . . . Son bonheur actuel joue de la flûte traversière et s'appelle Narcisse, ce qui est un peu ridicule à mon avis, et d'ailleurs impropre, car c'est de l'image de mon frère et non de la sienne que ce Narcisse est entiché. Mais il y a des fatalités auxquelles on n'échappe pas, n'est-ce-pas, Amélie ? qu'on a baptisée d'un doux prénom d'aïeule sans prévoir que tu aurais le tempérament futuriste et plusieurs longueurs d'avance sur les plus fiers coursiers de ta génération ! . . .

Pour en revenir à Pascal et à l'idylle dont je suis témoin, il serait exagéré de dire que j'apprécie les pratiques à domicile ; toutefois, une présence, c'est quelque chose ! à plus forte raison, une double et si sonore présence. Le bruit fait taire la peine ! . . .

Baisse un peu le son, Segovia !

Où en étais-je ? Ah oui ! aux étrennes de belle-maman ! Eh bien ! en toute franchise et objectivité, je pense que sous forme d'héritage, « au dernier vivant les biens », ce don du ciel est sérieusement improbable et s'avère de plus en plus chimérique depuis que le patriarche reverdit en s'adonnant aux haltères, au « jogging » et aux aliments naturels, tandis qu'Agrippine . . .

(Ce n'est pas la fatalité, c'est moi qui l'affuble de ce prénom, ayant oublié l'autre dans le grand charroi de ma jeunesse et retrouvé par contre, au fil de mes récentes excursions livresques, celui-ci dont je l'ondoie à jamais en mémoire de la mère de Caligula qui, non satisfaite d'avoir enfanté ce monstre, lui a donné pour sœur la future mère de Néron . . . Rien à voir, me diras-tu, puisque ma moderne Agrippine n'a jamais avoué d'enfants ! Et voilà bien le genre de discussion stérile et stupide qui nous menait à la pagaille pour un oui ou pour un non dans un verre de trop et pour mes fantaisies chavirant dans ta logique comme des bateaux de papier dans une petite pièce d'eau plate . . . J'aimais pourtant que tu me ramènes à bon port, d'un seul coup de barre, même violent ! Maintenant, j'ai toujours peur de me noyer ! . . . Il me semble qu'une larme d'eau-de-vie suffirait ! . . .)

Je crains également pour Agrippine un bien minable naufrage car, refusant d'obéir aux injonctions de son ascétique capitaine, la voilà qui s'empiffre de crème fouettée et se lave au cognac, hâtant par dépit ou découragement le moment de lever les pattes, délestée de sa hideuse enveloppe, pour aller butiner comme une abeille le nectar céleste, ou gambader comme une gazelle dans les jardins du paradis où se cultivent, paraît-il, toutes les bonnes choses de ce monde et où foisonnent des lauriers qui ne germent pas sur terre.

C'était un délicieux moment . . . Ce que j'éprouvais, on doit l'éprouver quand on sort de prison et que l'air qu'on respire emplit les poumons de liberté. Le ciel était toujours couleur d'eau de piscine et je dévalais dans l'euphorie la pente raide qui mène au cœur de la ville comme on attaque un plongeoir d'un pas sautillant. Il ne manquait à la perfection du moment qu'un pin parasol au bout de mon regard.

J'arrivai au carrefour, tout essoufflée, hoquetante, la main sur le cœur . . . et sur le chèque que j'y avais collé comme un timbre. J'eus alors la chance d'assister au spectacle le plus réjouissant du monde et d'entendre une musique que je place, dans l'ordre de mes préférences, au-dessus de « La jeune fille et la mort ». Si tu veux bien te souvenir de l'effet que produit ce chef-d'œuvre sur mes heures creuses qu'il bourre à craquer, tu jugeras de l'aubaine qui me projetait, déjà vibrante et tendue comme une corde de violon, dans l'intensité d'un joyeux passage chromatique, au beau milieu d'un orchestre dont les cuivres rutilaient sous le projecteur solaire et qui exécutait, répercuté à l'infini par les parois des gratte-ciel, mon morceau de prédilection. Je n'avais pas besoin de programme pour me situer dans l'époque et identifier la baguette . . . Titre : Concerto klaxonnant. Sous-titre : Tableau d'un embouteillage. Solistes : deux automobilistes en furie jouant sur deux carrosseries en accordéon. Direction : la police.

Le spectacle ayant déjà attiré plusieurs badauds, j'ai mis quelques minutes à franchir le barrage pour me faufiler au premier rang et c'est alors que je me suis aperçue que non seulement les deux accidentés se ressemblaient comme des jumeaux, mais qu'ils appartenaient à cette catégorie d'êtres humains que l'empereur Hadrien eût volontiers accueillis dans sa villa et que Michel-Ange eût certes immortalisés, mais que mon entourage, de toute évidence, jugeait d'un autre cœur et d'un autre œil. Les commentaires t'auraient fait bondir, ma pauvre Mélie, toi qui juges si sévèrement notre époque ignare, vulgaire, hypocrite et bornée, mais pourtant j'aurais voulu quand même que tu sois près de moi au moment où, toute fureur passée, les deux éphèbes se sont tendu la main et se sont reconnus en se regardant dans les yeux . . . Je serais incapable de te les décrire tant j'étais subjuguée par quelque chose de plus important que leurs personnes physiques, quelque chose qu'on devinait incandescent à l'intérieur de leurs poitrines comme, dans les entrailles d'un volcan, le feu qui ne se voit pas . . . mais que tu aurais immédiatement soupçonné toi aussi, car tu n'es pas née de la dernière pluie et, n'en déplaise à Agrippine (qui elle, est née du déluge, mais n'a connu ni Sappho, ni Hadrien, ni André Gide, ni sœur Adèle), tu admets qu'on puisse discuter des goûts et des couleurs en parlant d'autre chose que de tarte aux fraises et de soupe aux pois, et qu'entre Sodome et Gomorrhe, la route est merveilleusement accidentée, la faune, hétéroclite et la flore . . . luxuriante . . .

Tu te demandes encore où je veux en venir . . . À rien, mon adorée ! Tu es là, en face de moi, dans ton peignoir bleu, les cheveux en désordre, encore tout embroussaillée d'un sommeil que mon ardeur écourte . . . Tu grignotes ton pain chaud et moi, je te raconte ma journée d'hier . . . Je jabote avec notre perruche . . . Autrement dit, je parle toute seule, si habituée à tes réveils silencieux que je n'en prends plus ombrage, n'en cherche pas la raison et ne te suppose jamais distraite par des projets qui m'excluent . . . Voilà ! c'est tout . . . Quand j'ai fini de dénombrer les pigeons de la place *Navona*, les plis dans la robe de marbre de Louise Albertoni et les pots d'azalées aux marches de la Trinité-des-Monts, que veux-tu que je fasse ? je remets mon âme et mon ennui entre les mains de mon imagination fertile, et tu m'apparais . . . Autrement, il se pourrait bien que je songe à mourir . . .

Allume une cigarette, Mélie, j'en ai encore pour un bon moment.

Ils étaient là, face à face, dans leur interminable point d'orgue, indifférents à la rumeur des quolibets, des injures et des rires qu'improvisaient les choristes du trottoir tandis que la meute grossissante des virtuoses de la ferraille, tendait vers l'unisson, poing frénétique sur le nombril du volant pour en tirer la note insoutenable et continue, l'accord de septième sensible qui annonce, en général, le dernier souffle de la symphonie . . .

Plus pâles que lune et son reflet dans le Tibre, les deux solistes demeuraient face à face, les yeux dans les yeux, debout sur le Pont rompu, sur le point d'orgue d'une mare de pétrole . . . L'agent écrivait . . . Eh bien, moi qui ne voyais cet agent que de loin et de dos, je l'ai tout à coup imaginé scribe, en train de résumer d'une main émue, sur son papyrus, la plus vieille et la plus belle histoire du monde . . . C'est la Rencontre ! . . Les dieux qui l'ont voulu ! Le Destin qui s'en est mêlé ! Ce qui fait que pendant trois semaines, trois mois ou jusqu'à la fin de ses jours, pour le meilleur et pour le pire, on soulignera le moindre événement de la même légende : « Et dire que sans cet accident, je ne t'aurais pas connu(e) ! »

J'ai senti mon euphorie décroître en jaunissant sur mes lèvres, plus amère qu'un pissenlit dans le jardin d'Agrippine. Puis, subitement, toute joie s'est cassée au fond de ma gorge dans une sorte de sanglot d'autant plus désagréable qu'il arrivait sans excuse et sans s'être annoncé. À la réflexion, il se peut que ce sanglot ait été machiné dans mon for intérieur par ces deux increvables sentinelles que sont l'envie et la jalousie. Ce qui est certain, c'est que je nous ai revues toutes les deux, face à face, sur notre point d'orgue, quand nous avons compris ensemble, en nous regardant droit dans les yeux, que la Providence et le Destin se mêlaient enfin de nos affaires.

Je me suis éloignée pendant que le tintamarre achevait de saluer le grandiose phénomène qu'est un coup de foudre amoureux. C'est une chance pour eux ! Cela fera du bruit dans leur souvenir et, même s'ils se quittent un jour en mauvais termes, il ne pourront penser l'un à l'autre sans entendre, amplifié par le tapage infernal d'un carrefour embouteillé et la prémonition d'un septuor de tritons dans la Vallée de Josaphat, un petit air d'accordéon !

C'est alors que je me suis aperçu de ma bêtise. Pourquoi diable étais-je allée quêter un samedi ? J'étais bien avancée avec mon grand timbre rare sur le cœur sans pouvoir le vendre. Voilà quelque chose que je n'avais pas prévu car, d'habitude, c'est en espèces qu'on me fait l'aumône. Bien sûr, je n'allais pas cracher sur un bout de papier qui valait mille billets de banque, mais d'ici lundi, comment boire, fumer et manger ? . . .

Le chiffre est fictif. Question de discrétion. À cause de Pascal qui a, comme tu le sais, l'incorrigible manie de fouiller dans mes placards pour s'habiller et dans mes tiroirs pour me voler mes secrets et mon argent.

Si tu lis ces lignes, ange mon frère (par inadvertance, je n'en doute pas !) et s'il te prend l'envie de partager mon banquet, inutile de me jouer la grande scène de la tendresse pour me subtiliser mon trésor en me cajolant ; inutile, en cas d'échec, de changer ton fusil d'épaule et de te livrer à des voies de fait sur ma personne dans le but de m'extorquer ma fortune. Ni la ruse ni la force n'y pourront rien : j'aime autant te prévenir que je l'ai retirée d'entre mes deux seins trop généreux pour la mettre en lieu sûr . . . ailleurs que dans ce taudis dont tu connais trop bien les cachettes ! Si tu veux de cette « monnaie-du-pape », fais comme moi : prends ton courage à deux mains, foule ton orgueil à tes pieds et va la cueillir où elle pousse. Seulement, je te conseille d'attendre un peu car les nuages s'amoncellent avenue des Tilleuls et la porte, si précieusement vitrée, claque dans le dos des intrus comme une porte de grange dans les courants d'air. Le temps est à l'orage du côté paternel et, du côté de la « rapportée », il est carrément aux grandes eaux tivoliennes. Si belle-maman se met à pleurer sur les sous qui décampent, c'est que son granuleux épiderme vire à la peau de chagrin et, crois-en mon opinion féminine, c'est de très mauvais augure : les vieux beaux sont parfois sensibles aux charmes flétris et toujours très faibles devant les larmes de secondes noces . . . et les arguments du lit. J'ajoute cette inconvenance parce que j'ai eu nettement l'impression qu'un drame se trame dans l'âme obscure d'Agrippine outragée par le temps, et que plane une menace de grève dans l'air de la chambre à coucher. Cela dit, en homme prévenu, tu feras comme tu voudras ! Ce ne sont pas mes oignons !

Ce que cela peut être fatigant, à la fin, de toujours se méfier de quelqu'un, tu ne trouves pas, Mélie ? Avec toi au moins, j'étais tranquille : tu as l'âme aussi claire que le teint et je n'ai jamais vécu dans la hantise que tu me voles, que tu me trahisses . . . ou que tu me quittes ! C'était toujours ça d'acquis qu'on ne pourra jamais m'enlever, même si je me mords les pouces aujourd'hui de t'avoir fait confiance !

Non ! ne te fâche pas : ça m'a échappé sans malice. Reste là. Continue de lire, je t'en prie . . . On est si bien, ensemble, souviens-toi ! . . .

Rien n'empêche . . . (Mélie ! Enfume-moi comme une ruche, si tu veux, mais je t'ordonne de m'écouter ! . . . Là . . . merci . . . tu es gentille !)

Je disais donc : rien n'empêche qu'il m'arrive souvent de rêver à la banquette arrière de la première auto du paternel, alors que nous habitions rue des Ronces et des Épines, alors que maman n'avait pas encore troqué sa vie contre celle d'un petit agneau pascal et qu'elle rayonnait de blondeur, de rires et de cantilènes. Tu ne vois pas le rapport ? Tu penses que c'est moi qui fume et qui ai des prismes à la place des yeux ? Nenni ! Je t'explique : j'avais juste la longueur de cette banquette et quand nous rentrions tard de je ne sais où, elle me servait de couchette. Alors là, le nez dans un coussin et le corps au chaud dans une couverture de laine, j'attendais que meure la chanson dans la cabine de pilotage, que se brouille de pénombre le profil de maman et que sur cette image estompée battent lourdement mes paupières au point de ne plus s'entrouvrir.

Le bruit des roues se faisait plus sensible et plus obsédant ; traversant les ressorts de mon lit et la bourre de mon oreiller, c'était une sorte de ron-ron perpétuel ponctué seulement par les petits soubresauts de notre engin dans les raies de la chaussée et par le son de notre passage que les troncs d'arbres nous renvoyaient en écho. Il se passait alors une sorte de prodige : d'un coup, comme si mon père eût touché quelque manette sur le tableau de bord, nous reculions au lieu d'avancer, à la même vitesse, exactement. C'était une idée folle, je le savais bien, mais j'avais beau me dire que nous n'avions aucune raison de retourner là d'où nous revenions et que cela advenant, à supposer que nous ayons oublié quelque chose, il était impossible de faire marche arrière en gardant le nez devant comme si de rien n'était, et encore plus impensable de garder la vitesse de croisière sans même changer de voie pour au moins emprunter le bon sens de la route, rien à faire : je tenais mordicus à cette sensation déli-cieuse, jusqu'à devenir momie, ne plus oser un geste, ne plus rien déranger dans ma tête, afin de pouvoir m'endormir en rebroussant chemin sur des roues qui avançaient.

Ce qui m'arrivait est peut-être courant et porte peut-être un nom dans les dictionnaires, mais je ne l'ai pas trouvé et personne ne m'en a jamais parlé. Cela porte sûrement un nom aussi dans les dossiers des psychanalystes (comme symptôme funeste à classer parmi ceux qui acheminent les schyzophrènes vers le stade fœtal), mais, tu ne l'ignores pas, j'ai en horreur cette engeance à la mode et j'ai pris l'habitude de me confesser chez moi, loin de cette prêtraille fouineuse, vicieuse et voleuse, et convaincue qu'on peut fort bien, soi-même, avec un minimum de lucidité et de courage, analyser les bizarreries de comportement, les complexes les plus compliqués, les singeries inconscientes du subconscient, tout cela sans avoir à défrayer, sous forme de redevances ou honoraires, les agenouilloirs et les divans.

C'est ainsi que le plus aisément du monde, et gratuitement, j'en suis venue à la conclusion que je souffrais tout bonnement d'une maladie incurable, mais normale, dont souffre à des degrés divers tout être humain pourvu de ce qu'on appelle : la mémoire. Que, dans mon cas, cette intéressante faculté loge à l'enseigne de la nostalgie n'est pas alarmant non plus si on veut bien se rendre à l'évidence que le Bonheur n'est la plupart du temps « conjugable » qu'au passé . . . ce qui n'exclut pas qu'on puisse, dans certains moments d'aberration, faire confiance au futur !

Pour ce qui est du petit rituel dont je viens de te faire part et qui remonte à mes limbes, n'y vois, je t'en prie (sans t'inquiéter de ma santé mentale), qu'un sésame ouvre-toi, qu'une clef des songes . . . et rassure-toi : je n'ai perdu ni la boule ni mon fil d'Ariane et tu sauras bientôt où je voulais en venir avec cette histoire de banquette qui t'a peut-être ennuyée mais qui te passionnera, j'en suis sûre, maintenant qu'elle va te concerner et te rappeler un joli souvenir . . .

Quand je me suis rendu compte que les banques étaient fermées, tu sais ce que j'ai fait ? Je me suis engouffrée dans le métro, munie d'un providentiel ticket trouvé dans mon sac où le désordre me réserve autant de surprises que m'en réserve celui qui règne en maître dans ma demeure . . . à ton grand désespoir !

Debout, mon truc n'a pas marché ! C'est trop difficile de se coudre les paupières quand on est bousculé : on n'engueule pas les gens au hasard sans avoir, au préalable, et de visu, bien fait la différence entre un honnête joueur de coudes et un ténébreux joueur de queue ! . . . *Mi scusi, signorina* ! . . . Je sais qu'à moins de circonstances tout à fait particulières et atténuantes, tu préfères un écart de conduite à un écart de langage ! . . . Je ne pécherai plus ! sinon, comme autrefois, de mon plein gré, pour que tu t'apitoies sur mes origines et descendes de tes « hauts lieux » pour me gifler . . . en éclatant de rire ! . . .

Comme c'est bon, Mélie, de t'écouter rire ! Cela résonne d'un barreau à l'autre de la petite cage de laiton où je viens de t'enfermer avec notre perruche, toute de bleu vêtue toi aussi . . .

Trois stations plus loin, j'ai pu enfin m'asseoir grâce à l'obligeance d'un jeune homme bien né qui a dû me trouver pâlotte et dangereusement oscillante. Devinant sans doute que je n'avais pas fait bombance depuis belle lurette, il a jugé préférable de me céder sa place plutôt que de me recevoir tout entière en pleine figure et sur les genoux. Ce qui m'a incitée à penser que les beaux gestes ne sont pas toujours désintéressés et que j'avais bien fait de refuser le pot-au-feu d'Agrippine, même si j'en défaillais d'envie, car elle avait sûrement dans le chignon le dessein d'une prise de bec entre la poire et le fromage, sinon le projet d'un assassinat aussi bien ourdi que l'empoisonnement de Tibérius Claudius ! . . (M'adressant à quelqu'un d'autre que toi, je ne ferais évidemment pas étalage d'une érudition de si fraîche date que même un cancre pourrait me prendre au piège au tournant de la page que je n'ai pas encore tournée ! . . . Mais j'ai pensé te faire plaisir !)

Pour en revenir plus modestement à cette place assise, je n'y ai pas regardé de si près. Avec les étrangers, on est toujours plus en confiance ! J'ai remercié d'un hochement de tête et d'un souffle coupé qui n'ont dû laisser aucun doute dans l'esprit de mon bienfaiteur sur le besoin impérieux que j'avais de sa place et le bien-fondé de son bon mouvement.

J'ai enfin pu fermer les yeux et prononcer les mots magiques. Plus impassible qu'une momie et sans du tout remuer les lèvres, j'ai dit : « Ça recule . . . ça roule à l'envers . . . oui, ça y est ! . . . » C'est comme le plaisir au fond . . . Il y a un déclic, un tout petit moment où seule la sonnerie du téléphone, ou l'arrivée d'un fâcheux, peut empêcher que cela soit fatal. Irréversible . . . À la différence que dans le cas de ce plaisir singulier, solitaire et chaste, c'est justement réversible. Cela se goûte à l'envers de l'espace, dans le raccourci des distances, dans la doublure du temps.

Ah ! Mélie, tu n'es pas plus présente en ce moment dans les ruines du forum romain, dans l'ascenseur de la colonne Trajane, ou dans la cohue de la *via Veneto*, que tu n'étais présente hier, à midi, dans ce wagon de métro bondé, climatisé, néonisé . . . Te souviens-tu de tout, Mélie ? . . .

L'odeur était suffocante. Au fond des litières, le ventre ballonné, des chiots de tous poils cherchaient leur pitance parmi les copeaux souillés . . . Dans l'eau trouble et les bulles d'air des aquariums mal irrigués, des poissons rares dévoraient leurs alevins . . . et dans l'une des innombrables cages entassées à l'autre extrémité de la baraque, une vivante petite pervenche lissait tranquillement ses pétales . . . Tu as soulevé la cage et, la portant comme un ostensoir, tu as traversé toute cette puanteur et tu es venue déposer le trésor sur le comptoir du marchand . . . à côté de la caisse où j'attendais qu'on me donne des renseignements sur un épagneul souffreteux qui m'avait séduite . . . Bien sûr, les chiens n'étaient pas admis dans mon antre, et jamais ma logeuse n'aurait passé outre aux ordres du propriétaire en fermant les yeux sur une pareille acquisition, mais c'était plus fort que moi : chaque fois que je passais devant cette infecte boutique, j'entrais . . . je tombais amoureuse d'un regard en peine . . . je marchandais . . . puis, au bout d'une heure, je m'en allais les mains vides et le cœur gros . . . Tu as demandé le prix . . . Tu as dit : « Je la prends » . . . Tu as cherché les billets dans ton sac . . . Il t'en manquait . . . J'ai fait l'appoint . . . et nous sommes rentrées toutes les trois à la maison où je vous ai baptisées en vitesse au pied de l'escalier pour vous présenter à madame Yvonne comme de vieilles connaissances . . . Voilà, Mélie ! C'est tout ! Le Destin ! . . . Je me suis cachée dans ce souvenir-là comme une fourmi dans une pivoine en bouton . . .

Ce matin, en trempant ma plume dans l'encrier, je m'étais dit que ce passage serait le plus beau de ma lettre et que je le soignerais comme un paragraphe de roman, mais je le laisse en friche, car je me rends bien compte que je prends la direction fleur bleue et que tu refuseras de me suivre dans ces bosquets romantiques à souhait, mais infestés de bestioles sournoises et piquantes qu'illustrent ici mes pattes de mouches et le dard anodin de mes points d'exclamation !

Si je continue sur le même ton, c'est la direction de la corbeille que va prendre ma lettre comme toutes celles que je t'ai écrites depuis des mois, plus larmoyante que Lamartine au bord de son lac, en proie au délirium de la Nostalgie, à la phase terminale de la maladie qui commence par : « Ô temps ! suspends ton vol ! »

Je reviens donc sur mes pas et au lieu de fignoler mon souvenir, je lui ordonne de prendre l'avion tel qu'il est, et d'aller t'empoisonner l'existence dans les rues de Rome ou dans la grande fresque du Jugement dernier. Car tu es la dernière des dernières si tu m'as abandonnée pour aller faire le mouton de Panurge dans la chapelle Sixtine et tomber dans les panneaux de Michel-Ange, plus béate qu'une touriste américaine.

Au jour des comptes, tu auras beau vouloir faufiler ta nudité entre celle de Blaise arborant son râteau et celle de Sébastien brandissant ses flèches, tu ne seras pas prise au sérieux par le « Christ en Majesté », munie seulement, pour preuve de martyre, des petites menottes de mon amour et de la chaîne en or que je t'ai donnée.

J'admets que ton visage de madone, ton corps de sirène, ta taille de guêpe et ta chair nacrée rafraîchiraient l'œil dans ce volcan, au milieu de cet agressif mélange de couleurs en fusion appliquées presque exclusivement sur des torses mâles, des biceps de lutteurs et des zizis à fleur de peau . . . à moins que tu ne fasses fausse note dans la tonalité du paysage et n'en corrompe l'intention ! Évidemment, tu pourrais toujours te lover entre les cuisses de la Vierge, sous le voile bleu qui les estompe, histoire de te sentir un peu moins seule et dépareillée dans ce gynécée masculin ; malheureusement, je m'y serai déjà réfugiée, ma pauvre chérie et, faute d'avoir réservé cette place discrète, odorante et confortable, tu devras suivre le cours de ce pinceau furibond et prendre inexorablement, au son des trompettes, sous l'œil courroucé du maître de céans, le chemin de l'enfer. Ne sachant où donner de la tête dans tous ces ronds-de-jambes, tu seras emportée dans le grand tourbillon des lambeaux de ciel bleu à lessive qui mènent au coin droit intérieur et final de la fresque où tu te battras pour une cabine dans le paquebot de Charon, à moins qu'ayant oublié ton obole comme tu m'oublies, tu ne doives te résigner à rester au port, en compagnie d'un autre damné qui y poireaute, coiffé d'oreilles d'âne et ceinturé d'un serpent.

Ayant brossé de mémoire et d'un jet d'encre cette célèbre murale, j'ai eu des scrupules sur deux points. D'abord sur le mot « zizi », non seulement parce qu'il t'offensera, mais parce qu'il me semblait être passé dans nos mœurs sans lettres de créance, ni brevet de noblesse. J'ai consulté mon Robert. Eh bien ! sais-tu ce que c'est qu'un zizi ? C'est un bruant. Et sais-tu ce que c'est qu'un bruant ? C'est un petit moineau français qui fait son nid par terre ! Je n'ai donc pas eu à corriger ce mot qui, au détail près de la nationalité, répond on ne peut mieux à l'usage que j'en ai fait.

Pascal, qui connaît la musique, prétend qu'avoir des lettres c'est avoir de l'oreille et que l'intuition du mot juste doit tenir lieu de dictionnaire à tout écrivain digne de ce nom, les autres n'étant que littérateurs à la gomme, minables tripoteurs de vocables qui ergotent sur des queues de cerises et gaspillent la pâte à papier . . . Je te fais grâce du reste, car les opinions de mon frère sont entachées de l'intransigeance de la jeunesse et particulièrement maussades en ce moment parce que Narcisse, qui devrait être là depuis une heure, ne s'est même pas encore manifesté par téléphone . . . « Ce cher amour serait-il enfant de bohème ? » ai-je osé fredonner ! Ma plaisanterie n'a pas été appréciée à sa juste valeur. Peu me chaut !

J'enchaîne avec ma seconde préoccupation : elle concerne le personnage que je t'ai donné pour escorte sur les rives du Styx. Ça m'embêtait de te planter là, pauvre chou, en face d'un individu, à première vue ridicule et répugnant, mais dont j'ignorais tout, et même le nom pour au moins te le présenter.

J'avais l'embarras du choix pour la documentation photographique, mais il aurait fallu que je me lève pour aller la consulter dans la chambre de Pascal, ce qui m'aurait demandé un effort pénible, car ma journée d'hier a été beaucoup plus mouvementée que tu ne peux le supposer en ce moment, comme tu n'en peux non plus deviner les séquelles . . . De surcroît, une fois dans la chambre, il aurait fallu que je me casse le cou pour me renseigner car le cher agneau s'étant pris d'affection pour les « *ignudi* » de la voûte michelangelesque, les a retirés de mes albums à l'aide d'une lame de rasoir, pour en décorer son plafond — à l'aide de sparadrap et de punaises —. Étant donné la répétition des motifs dans chacun des nombreux cahiers dont tu m'as fait le cadeau royal, le matériel était abondant mais, de format réduit, il ne faisait pas le compte et, dans le but je suppose de préserver l'unité de l'ensemble en rendant hommage à une seule palette, cette âme d'artiste a eu l'idée de génie de « bordurer » sa tapisserie et de boucher les coins au moyen de retailles découpées à même des détails et des fragments de ressuscités. Si bien que j'ai dû me rabattre sur le texte serré du Guide bleu que j'avais sous la main et que j'ai finalement trouvé bien plus croustillant que les insipides légendes qui soulignent généralement les reproductions . . .

Naturellement, il faut se fatiguer un peu les méninges et savoir lire entre les lignes pour qualifier de croustillante la prose des guides bleus . . . mais j'ai l'impression que tu n'apprécieras pas mon labeur . . . Il se peut même que tu trouves farfelu le résultat de mes recherches et que tu m'en veuilles de cette incursion dans la vie privée d'un grand homme ! Il n'en tient qu'à toi de me fournir, la prochaine fois, des outils moins primaires pour remédier à mon ignorance et m'apprendre à reconnaître les chefs-d'œuvre sans me comporter avec les grands maîtres comme un valet de chambre . . . ou madame Yvonne.

Ceci dit, tu as dû comprendre, aux termes irrévérencieux dont je me suis servi pour te conduire au Jugement dernier, que je tiens le dit Jugement pour une sainte Horreur et que seule contre cent mille, et même crucifiée la tête en bas, je continuerais de prétendre que, cette fois-là du moins, Michel-Ange a raté son coup . . . pour la simple raison qu'il était fou de rage et que ce pinceau, dont l'audace et la violence sont tenues pour sacrées, n'était en fait que le pinceau outragé d'un orgueilleux qui ne supportait pas la critique et se vengeait d'elle en la portraiturant, défigurée et couverte d'opprobres. En voici une preuve : je te présente, Mélie, sous les traits de Minos, coiffé d'oreilles d'âne et gainé d'un serpent venimeux, *signor Biagio da Cesena* (maître de cérémonie de Paul III), qui s'est attiré les foudres du géant barbouilleur pour avoir été horrifié par l'indécence de ses nudités et pour l'avoir clamé dans le cornet du vieux pape qui s'en est ému.

Nota bene : il m'a suffi de résoudre un petit problème d'arithmétique pour supposer qu'*Alessandro Farnese* (1468-1549), était sourd à ce moment-là. La fresque ayant été achevée en 1544 et les chamailles ayant sûrement mis une lenteur toute liturgie à s'envenimer, le souverain pontife en devait être à marcher sur ses quatre-vingts ans au moment crucial. La surdité est donc vraisemblable et je l'ai choisie parce que, s'il faut bien mourir de quelque chose, je trouve plus convenable pour le principal locataire du Vatican, de crever des tympans plutôt que du hoquet comme c'est arrivé à l'un de ses burlesques successeurs . . . *Finita la nota bene.*

Je reviens donc à cet infortuné *Biagio da Cesena* et je lis entre les lignes que cette innocente victime était probablement animée des meilleures intentions chrétiennes et qu'en bon hétérosexuel (comme il est encore permis de l'être aujourd'hui dans nos sociétés tolérantes) il voulait non seulement défendre la morale mais, réclamant qu'on habille les hommes, réclamait également qu'on leur donne des femmes . . . C'était le premier, peut-être, à s'apercevoir que depuis des siècles et des siècles, il n'y avait eu de part du lion que pour la moitié virile de l'humanité comme il n'y a de place au soleil que pour la moitié des jours !

Te voilà donc en compagnie fort honorable, *cara mia,* tandis que mes études m'ont conduite à des considérations fort éloignées de mon propos initial qui était de me venger de toi jusque dans l'Éternité. Cela prouve encore une fois que les voyages, même à huis clos, forment la jeunesse, aiguisent l'esprit critique et attisent le courage d'opposer aux idées reçues des fins de non-recevoir, le courage de faire cavalier seul et d'aller sans peur et sans reproche pâturer plus loin quand le troupeau broute une herbe qu'on ne digère pas.

Ah ! Mélie, la comédie humaine n'aurait pas lieu si chacun refusait de la jouer ! . . . Voilà où j'en suis dans mes réflexions disparates et j'ai du mal, je l'avoue, à retomber sur mes pattes après avoir fait la toupie avec toi dans le *Cinquecento*.

Sors de là, Mélie ! Ça pue la manigance, l'imposture et la vieille soutane ! Va voir la *Fornarina* au palais *Barberini* : en voilà une au moins qui mérite ses trois étoiles ! ou bien va-t-en prendre l'air et compter les hippies sur la *piazza di Spagna*, en attendant que je te traite au curare, au vitriol, ou au laser . . .

Je frémis à la pensée de quelqu'un lisant par-dessus ton épaule, car s'il t'arrivait d'être happée par l'un des innombrables et minuscules taxis jaunes qui sillonnent en trombe le *Corso*, depuis le balcon du *Duce* jusqu'à la *porta del Popolo*, je pourrais bien être accusée d'avoir tenu le volant ! comme je pourrais être soupçonnée d'avoir mis de l'arsenic dans tes *fettucini* si tu mourais subitement pour en avoir trop mangé chez *Alfredo alla Scrofa* ! . . . Les écrits restent, c'est bien connu ! et pourtant Dieu sait si les écrits sont inoffensifs et trompeurs. Dieu sait que la violence littéraire est plus friable que le théâtre de *Marcellus*, que je suis la douceur même et que j'endure généralement sans rouspéter, depuis notre point d'orgue, la vie que tu me fais chanter, sur un mode mineur bémolisant.

En tous cas, souviens-toi d'une chose, Mélie ! et grave-la à ton fronton : une lettre, ce n'est pas un livre. Ça n'a pas pour devise : «Je sème à tous vents». Ça n'a pas besoin de comité de lecture et ça ne s'imprime pas sous le manteau. Une lettre, c'est unique, personnel et sacré. Si quelqu'un ignore cela dans ton entourage immédiat, arrange-toi pour éclairer sa lanterne et pour éteindre la lumière qui pourrait révéler ces pages à des regards indiscrets. Si je me suis plainte déjà parce que mes romans n'étaient pas lus, je me plaindrai bien davantage si cette lettre est tirée à cent mille exemplaires et soulage à jamais Agrippine de mes prétentions légitimes à l'héritage de son mari qui est, comme tu le sais, mon père légitime . . . du moins sur le papier, dans le registre paroissial dont l'utilité est incontestable, car quel homme, dis-moi, pourrait autrement faire la roue avec sa paternité sans passer pour un paon ?

Toujours est-il que je n'ai pas la taille coupée en deux, la tignasse en bataille, et la main tout ankylosée pour que tu en fasses des gorges chaudes avec la première Italienne venue, en roulant ton parler comme tu roules tes hanches ! Si tu n'es pas sotte et, au-dedans de ton avenante personne, plus creuse que la cruche étrusque la mieux tournée et la mieux décorée, tu dois bien comprendre, au nombre de pages et au temps qu'il t'a fallu pour te rendre à celle-ci (même en tenant compte du décalage horaire), que si je n'ai pas « redaté » ma lettre chaque fois que j'ai repris la plume pour te parler, voilà quand même une semaine que je suis clouée au bois de cette table comme Louise Albertoni au marbre de sa couche.

T'ayant fait cet aveu au sujet du calendrier, j'ai néanmoins l'intention de poursuivre tout uniment. Non seulement l'attitude contraire nuirait à mon inspiration qui a poussé comme un amadouvier sur l'arbre de ma fin de semaine dernière, mais je ne vois pas l'utilité de ponctuer ta lecture avec les jalons du quotidien et de l'alourdir avec le commentaire détaillé de mon obéissance aux ordres de la nature qui sont nombreux, fastidieux, et parfois tyranniques, mais sans aucun intérêt. Je suis certaine que tu me trouverais bien insignifiante si je t'informais que je m'en vais me faire cuire un œuf et que le soleil est si ardent sur les pavés du vieux Montréal que cet œuf y pourrait pétiller en moins de deux minutes comme au fond d'une poêle chauffée à blanc.

Je ne vois pas l'utilité non plus de conjuguer Pascal à l'imparfait : gestes et répliques n'ayant pas varié depuis une huitaine, tu n'auras qu'à transposer tout le scénario un octave plus haut sur la portée temporelle . . . si cela t'amuse ! et si, comme je le souhaite ardemment, tu n'as pas mieux à faire !

Mais qu'une chose soit bien entendue entre nous : motus ! tu gardes tout ça pour toi. Je ne demande qu'un peu d'intimité ! et de respect pour mes entrailles à nu que je couvre pudiquement du voile d'un humour qui ne m'est pas naturel, qui me donne beaucoup de fil à retordre et qui me cause quelquefois l'inestimable surprise que me causerait une bouée de sauvetage flottant à portée de ma main si j'étais physiquement en perdition sur une mer démontée comme je le suis moralement sur la mer étale de ton silence et de ton absence . . .

Merci encore pour les livres, Mélie, mais sans être trop curieuse, puis-je te demander pourquoi tu n'as pas signé ton envoi ? . . . Sans être mesquine comme Agrippine, puis-je m'étonner d'une largesse qui n'a même pas donné son adresse de retour, en cas de perturbation postale ? Car enfin, si tu n'es ni sotte, ni creuse, tu dois bien penser que je t'écrirais moins longuement et plus souvent si je savais dans quelle mer jeter ma bouteille . . . autre que celle des éditeurs habitués aux étiquettes prestigieuses et aux meilleurs crus ! . . .

Io sono innamorata di te, Melia !

Qui croirait cela, lisant par-dessus ton épaule et sachant l'italien de naissance, alors que j'en balbutie les rudiments. Qui croirait que je t'ai tant aimée et t'aime encore sans vraiment te connaître ! Est-ce pensable que j'aie considéré comme une dépense folle l'achat de la méthode « Assimil », et comme un caprice ton engouement subit pour la langue de l'Arétin ? Est-il pensable que sans chercher plus loin, j'aie passé à t'admirer les heures que tu passais à faire le perroquet, perchée sur le haut-parleur ? . . . *Uno . . . Due . . . Tre . . . Quatro . . .*

J'étais pourtant témoin de tes fulgurants progrès mais je n'ai jamais imaginé que ce charmant : « *Buon giorno, signora Rossi ! Come sta ?* », qui fleurissait sur tes lèvres à tout bout de champ, se promettait bien d'aller faire fureur sur la scène italienne et saluer sur la *piazza di San Ignazio* (qui n'est pas une vraie place, à mon avis, mais un décor en carton oublié dans la Rome ancienne), quelqu'un qui répondrait du tac au tac, dans la plus pure tradition de la *commedia dell'arte :* « *Molto bene, grazie, e lei ?* »

Qu'est-ce que tu as dans la tête, perroquet Mélie ? une cervelle d'oiseau pas plus grosse que celle de Doumka, notre perruche ? et, à la place du cœur, l'os de seiche qui lui sert d'aiguisoir ? . . . Qu'est-ce qui t'a pris ? le saurai-je jamais ?

En tous cas, si tu as été victime d'une *jettatura*

en écoutant ces disques de malheur, il est probable que je le serai aussi, car je les fais tourner à pleine puissance sitôt que Pascal éteint ses moteurs et s'évapore dans la nature. Seule alors avec mon plus mortel ennemi, je me demande encore quelle mouche t'a piquée et j'espère qu'à force de bourdonner dans mes oreilles, cette dantesque guêpe finira par me piquer moi aussi.

En attendant, j'apprends le principal. Par exemple : (tu me corrigeras s'il y a lieu), « *Mi scusi, signora Rossi, io non parlo italiano molto bene perquè mi manca la pratica . . . ma puo dirmi, per favore, dov'è* Mélie ? » . . . Penses-tu qu'avec ça, en passant par *l'angolo*, *la destra* et *la sinistra*, je pourrai me débrouiller suffisamment pour te mettre la main au collet, sale déserteuse ?

Mon excursion à la chapelle Sixtine, ainsi que mes nombreuses autres digressions, ayant duré plus de pages que prévu, je te demande un petit effort de mémoire pour m'aider à faire la transition, laquelle exige que nous retournions au métro et à l'image heureuse de la fourmi dans sa pivoine en bouton, image qui réjouirait le cœur de tout lecteur de talent si cette lettre avait un jour le bonheur d'être éditée.

Je sais que les merveilles de la nature ne t'ont jamais plongée dans les délices de la contemplation, mais il me plairait que tu saches de quoi je parle, et je prends pour certitude que, si peu botaniste et zoologiste que tu sois, tu as remarqué déjà, à l'occasion d'un bouquet printanier, comment se comportent ensemble cette fleur et cet insecte, plus nécessaires l'un à l'autre que toi à moi . . . ce qui n'est pas peu dire ! Car, en effet, le bouton de la pivoine ne s'ouvrirait pas sans le zèle de la fourmi dont j'ignore le salaire mais dont le jeu de pattes desserre et défripe les pétales pour les offrir, toutes neuves, jeunettes et reluisantes, au soleil qui va prendre la relève et les conduire à maturité. Autrement dit : une pivoine sans fourmis est promise à l'affreux destin des ténèbres et du néant . . .

. . . comme moi sans toi ! quand j'ai décousu mes paupières pour me rendre compte que ce métro costaud et cartésien, réfractaire au virus de la nostalgie, s'était tout banalement acheminé vers son terminus, les roues roulantes dans le sens des aiguilles d'une montre et d'un esprit convaincu que tous les chemins mènent à Rome, à condition de ne pas les rebrousser.

Ah ! Mélie ! il y a de durs moments dans l'existence ! des moments où on s'aperçoit qu'il y a de sérieux défauts dans la cuirasse humaine et des mailles nouées à la diable dans le grand filet qui nous balance au-dessus de l'abîme.

J'étais vraiment quelque chose à ramasser

avec une pelle . . . une espèce de feuille morte avant son temps dans ce juillet torride, et transportée sans ambages à l'autre bout de la ville. Certes, le pot-au-feu d'Agrippine eût tout arrangé et, en parcourant mon gosier comme une sève, il eût consolidé ma tige à la branche avec d'autant plus de naturel que cette branche appartenait, en quelque sorte et par procuration, à mon arbre généalogique, mais comme je te l'ai dit, ce plat savamment cuisiné m'avait paru louche comme un lien de famille aux temps néronesques, et j'avais préféré m'en passer.

On appelle ça de l'héroïsme ! Mais tous les héros finissent par se repentir de leur courage . . . s'ils en ont le temps : on sait comment périssent les dompteurs de fauves ! . . . Sans blague, j'ai cru que mon heure avait sonné et que ma bravade me vaudrait la mort, là, sur le trottoir, une main sur mon chèque et l'autre dans mon sac pour y chercher en vain le jumeau d'un ticket que j'appelais *Romulus* dans mon délire (*Remus* ayant servi pour l'aller). Je n'étais plus qu'une pauvre louve rachitique, étrusque, mythologique et désespérée, ayant failli à sa mission et égaré les deux petits fondateurs de Rome dont elle avait la garde. Et Rome ne se bâtirait, ni en un jour ni en cent mille ans ! Par ma faute ! . . . Ce qui, maintenant que j'y réfléchis, aurait plutôt dû, personnellement, me ravir ! mais je ne suis pas égoïste, tu le sais ! . . . Et seulement de penser à tous ces valeureux gladiateurs en chômage aux portes d'un imaginaire Colisée, me fendait le cœur . . . sans compter tous les citoyens de notre ère, atteints de bougeotte, et que j'imaginais faisant le pied de grue dans la brousse du Janicule et du *Pincio* en passant par les sept collines d'une Rome inexistante, exposés aux crocs de lions contemporains et sanguinaires, descendants directs des lions du féroce Caligula qui, tu ne l'ignores pas, souhaitait que le peuple romain n'eût qu'une tête afin de la trancher d'un seul coup . . . Oui, j'étais terrifiée, car ce paranoïaque, non seulement allait trancher ma pauvre tête de louve pour se venger de mon étourderie, mais se vengerait aussi d'occuper la dernière place au rang des anonymes dans l'Histoire des civilisations, en ouvrant ses cages et en lâchant ses fauves sur tous ces touristes sympathiques, amateurs de pittoresque et d'antiquités, qui font vivre aujourd'hui les compagnies aériennes . . .

(Tiens ! si tu veux faire un peu de ménage dans mes feuilles, tu peux remettre celle-ci à sa place, quelque part au début de ma lettre, quand il m'est resté un *secundo* sur les bras ! dans notre grabat d'Amérique . . .)

Dans cette América suralimentée, repue, où prospèrent les gratte-ciel et les mastodontes, j'allais tout bêtement mourir d'inanition comme *Remus* et *Romulus* s'ils n'avaient eu leur louve pour les allaiter.

J'exagère à peine . . . mais j'exagère un peu tout de même puisque je me suis retrouvée, trempée de sueur, mais saine et sauve, à la porte de Karine que le mariage a transplantée dans les poulaillers du boulevard Gouin, que nous n'avons pas revue dans les parages de la colonne Nelson depuis cet avatar, et dont je me suis brusquement rappelé l'existence et l'adresse comme on se souvient de l'extincteur quand le feu prend.

Samedi étant jour de plaisir pour les jeunes couples d'amoureux désargentés, comme il est jour de chamaille chez les vieux couples de rapaces agrippés aux flancs du Mont Royal, je craignais évidemment que mon coup de sonnette ne sonne un fâcheux clairon dans la petite minute éternelle qui fait que deux êtres n'en forment plus qu'un, mais je n'avais pas le choix et le hasard m'a bien servie car, au premier coup d'œil, j'ai compris que le plaisir était consommé depuis longtemps et que la rançon du plaisir était imminente à tel point qu'elle menaçait ostensiblement de surgir d'entre les deux cuisses de Karine pour venir, de but en blanc, faire ma connaissance.

De surprise, j'en ai oublié ma faim qui virait à

la nausée, en recevant sur le cœur cet ample monstre, au visage méconnaissable, où ne subsistaient,
de la sylphide d'autrefois dansant si légère sur le
cœur des garçons, que de doux yeux bleus qui se
sont remplis de larmes en m'apercevant et deux
petites mains fines qui m'enserraient la taille à la
broyer . . .

Ah Mélie ! ce que c'est que de nous, misérables femelles ! Pauvre Karine ! Après avoir payé
longtemps dans le sang, les crampes et les pleurs, le
bonheur menstruel de n'être pas enceinte, elle paie
maintenant bien plus cher le malheur de l'être : je
devais apprendre un peu plus tard (dans un déluge
verbal qui n'a d'égal dans ma mémoire que ton
déluge italien devant la table tournante), non seulement que le plaisir n'avait par duré, mais que le
pourvoyeur de cette denrée sublime avait levé
l'ancre, pris le large, et qu'il pourrait bien être en
train de se prélasser, place de la République, dans
la fontaine *Esedra*, car ce marin d'eau douce, pa-
taugeant un jour dans la piscine communautaire,
s'est déclaré, tout net, amateur de naïades et parti-
san de l'amour à plusieurs. Karine, confinée au
balcon, à proximité du « vomitarium », a dû se
rendre à l'évidence que son époux ne supportait
pas l'inconvénient d'avoir une seule femme qu'on
risque de perdre pour neuf mois à la moindre
brasse maladroite, au moindre ondoiement de

trop, et sans doute allait-elle, magnanimement, se faire à l'idée des sérails et des beautés de rechange en cas de cruches cassées et de nymphes défectueuses, lorsque son sultan a disparu de façon si discourtoise qu'un simple bigame en rougirait : outre cet embryon qui fait le cheval à bascule dans le ventre de ma douce amie et se prépare à lui déchirer l'embouchure pour se lancer comme son père intrépide dans les fleuves de la liberté, le dit père n'a rien laissé, ni argent, ni adresse !

J'ai toujours pensé que Karine et moi étions faites pour nous entendre. J'ai toujours été sensible à sa façon de danser sur les cœurs en peine pour les mettre en joie, et je me disais (en la regardant, si pitoyable, mettre le couvert pour moi et l'eau à bouillir pour y cuire des nouilles que j'aurais mangées crues), que peut-être . . . on ne sait jamais . . . si je l'avais connue avant de te rencontrer, j'aurais pu lui éviter ce grabuge et nous éviter à toutes deux les tourments du veuvage que nous commentions ensemble, en pareille connaissance de cause . . .

Car elle s'est informée de toi, bien entendu. Notre couple heureux n'est pas passé inaperçu, tu dois bien t'en douter ? C'était voyant comme le nez au milieu du visage et comme, au temps du fameux Pasquin, un couplet satirique sur le socle opulent de *Madama Lucrezia*. Voir page cent trois du Guide bleu si tu ne comprends rien, ignorante, et si tu ne connais déjà Rome et son histoire comme le fond de ta poche et notre belle histoire d'amour qui fut à ce point notoire, « paradeuse » et scandaleuse que j'ai honte aujourd'hui d'être vue seule et que je retourne à l'état sauvage comme une plante à l'abandon, de peur qu'on ne se moque de moi chez les fleurs tendrement cultivées.

Avec Karine, c'était différent. Elle n'est pas fille à se réjouir de ce que la chair est faible et l'amour fantasque. Il ne lui viendrait pas à l'idée de tourner le fer dans la plaie avec des : « J'aurais pu te prédire ce qui est arrivé ! . . . ces amours-là ne durent jamais ! . . . tu n'avais pas le dos tourné que Mélie te trompait ! . . . » et autres balivernes du même genre, pleines de venin.

Au contraire, sa bonne foi, son étonnement, sa compassion, et même le généreux partage de la faible lueur d'espoir qu'elle conserve en pensant à son goujat de Firmin, m'ont réchauffée comme la douillette que tu ramenais si doucement sur mes épaules pour me protéger des glaçons de janvier qui poussaient dans les fissures de notre plafond et que je prenais pour les pendeloques en cristal d'un lustre de Venise qui ne s'éteindrait jamais.

Longuement nous avons psalmodié sur ce thème lugubre, mais tu n'as rien à craindre : comme je te l'ai dit, nous nous ressemblons un peu, Karine et moi, et sous le rapport de la fidélité et de la candeur naïve, j'incline à croire que nous sommes sur la même longueur d'ondes, ex æquo, jumelles identiques, et signalées par trois étoiles à cent lieues à la ronde, comme curiosités à ne pas manquer ! Si bien que considérant toutes les deux que l'amour vrai est éternel et basé sur l'estime, pas une seconde nous n'avons dit du mal de nos chers disparus.

D'ailleurs, sans avoir eu besoin de nous concerter (et contrairement à la plupart des laissés pour compte), nous pensions, chacune de notre côté de la table et de la vie, que blâmer ceux qui désertent c'est se blâmer soi-même de n'avoir pas su les retenir, qu'accuser d'être Savonarole et Messaline ceux qu'on prenait pour Marc-Aurèle et Bilitis, c'est avouer qu'on a commis une monumentale erreur de jugement . . . Comme tu vois, la candeur naïve n'est pas forcément le fait de l'imbécillité !

Donc, rassure-toi, vous êtes, Firmin et toi, blancs comme lys et neige, plus nombreusement statufiés qu'*Antinoüs*, mieux chantés que *Mnasidika*.

Nous en étions là, et j'avais la bouche encore pleine de spaghetti (si savoureux que je me demande si on en sert de semblables dans les trattorias romaines), lorsque, pour alléger l'atmosphère et colorer le grégorien d'une note un peu plus profane, j'ai demandé à Karine quel était le métier de son mari . . .

Elle a baissé les yeux sur sa main gauche et, de la droite, a fait rouler autour de l'annulaire une alliance qui n'y était pas, tout en roulant dans sa bouche des mots qui semblaient vouloir s'y éterniser . . . « Tu ne sais pas ? . . . mais . . . voyons . . . nous n'étions pas mariés ! »

Grosse buse que je suis ! Vraie fille épaisse de mon père ! les deux pieds dans mon plat de nouilles ! . . . Ah Mélie ! si j'avais pu ravaler mes paroles, cela m'aurait bien mieux nourrie que toutes les pâtes du Latium.

Je m'apprêtais à lui sauter au cou pour lui demander pardon, mais elle avait déjà oublié le fer que j'avais si bêtement tourné dans sa plaie et s'était levée pour me préparer un *cappuccino* en se désolant de n'avoir pas de chocolat en paillettes pour le garnir ! . . .

Il y a vraiment des âmes généreuses ! des femmes d'une qualité si exceptionnelle qu'on aurait envie de les couler dans le bronze et de les vénérer ! Quel dommage que ces femmes-là, précisément, on puisse les quitter sans rien leur devoir, ni baiser d'adieu, ni pension alimentaire ! Non ! la justice n'est pas de ce monde . . . J'en avais les entrailles en bouillie. Je te jure : j'aurais préféré un coup de pied au derrière dans la plus pure tradition de la rue des Ronces, ou du moins une bonne gifle sur la joue droite, ce qui m'eût donné l'occasion de présenter la gauche en m'écriant : « *Prego, ancora !* »

Elle est revenue s'asseoir en tenant son ventre à deux mains comme un enfant porte un ballon plus gros que lui puis, d'un petit air ironique dont je n'ai su que penser, elle a dit : « Tu m'as demandé ce que faisait Firmin, n'est-ce-pas ? »

Je bafouillais de vagues excuses, supposant tout à coup que cette question avait été indiscrète et que le métier du monsieur était peut-être inavouable . . . Il me défilait dans la tête des armées de souteneurs, de faussaires, de passeurs de drogue, de tueurs à gages et autres gibiers de potence . . . les voleurs de grand chemin étant de beaucoup les plus redoutables dans mon cas, car sommée de choisir entre la bourse ou la vie, j'eus certes donné ce que j'avais sur le cœur plutôt que de quitter ce monde, en charpie, sans avoir eu le temps de te dire *addio !*

(Ôte-toi de là, Pascal ! Retourne à ta guitare, *cherubino* ! j'en ai pour plusieurs pages encore avant de me débarrasser de mon chèque et de pouvoir prendre avec toi, dans la sérénité, le repos que je mérite !)

Visiblement contente de mon embarras, Karine ajournait l'explication. Il y avait sur ses lèvres un petit sourire énigmatique et, dans sa gorge, un gloussement de pondeuse . . . Elle continuait de caresser son ballon ; des deux mains, elle le tâtait, le flattait, le tapotait, le pressait, comme pour en supputer le contenu, en évaluer la résistance et en prévoir la durée . . .

Comment te dire . . . Il m'a semblé tout à coup qu'elle passait graduellement, sous mes yeux, de la raison à la démence . . . Ces gestes, ils sont probablement tout naturels quand on est encombrée d'une pareille proéminence, mais la physionomie de Karine ne reflétait en rien cette sorte de niaise béatitude que met quelquefois au visage d'une femme la proche venue des couches . . . Le sien se plissait d'une hilarité croissante, incontrôlable et tellement énorme qu'elle n'avait certes pas pour objet la cérémonie du baptême ou le choix d'un prénom . . . Mon amie chavirait . . . Elle ne serait pas capable de folie furieuse, mais la folie douce est aussi bien cotée dans les asiles où je voyais déjà ma pauvre petite sylphide danser son chant du cygne . . . Pour comble de malheur, c'était à moi qu'incomberait la mission de la conduire à son dernier étang !

Je ne sais plus si c'est à ce moment-là que je me suis mise à chercher le téléphone . . . Tout ce que je sais, c'est que j'étais debout derrière Karine, l'annuaire dans les bras, lorsqu'elle s'est décidée à mettre fin à mon supplice. Sa voix s'est nettement haussée de plusieurs tons pour s'installer dans la gamme de mi majeur (qui, de l'avis avisé de Pascal, est la plus gaie de toutes, celle que Mozart choisissait pour être divin !) et, joignant les mains sur son ballon en éclatant de rire, elle a dit : « Firmin était débosseleur ! »

Tu sais combien j'aime ton rire, Mélie ! La plus belle rivière du monde, même de diamants, ne serait pas plus mélodieuse à mon oreille. Pourtant, je mentirais par omission si je gardais le silence sur ce rire de mon amie qui en valait mille des tiens, si je ne t'avouais que mon cœur musicien s'en est davantage régalé que de « La jeune fille et la mort », et même que d'un bouchon carabiné tel qu'il s'en produit tous les jours, paraît-il, au point névralgique de la circulation romaine, là où le pauvre piéton ne peut atteindre sans risquer sa vie le blafard *Vittoriano* ! Non ! je n'aurais pas été plus comblée, *piazza Venezia*, dans le concert d'une heure de pointe que là, chez Karine, dans la rivière de son rire, là, assise par terre, mon annuaire entre les jambes, tout yeux et tout ouïe sur ma grosse poule, métamorphosée en rossignol.

Le timbre, la couleur, l'audace des dissonances, l'imprévu des modulations, la variété des rythmes, le brio des éclats, le feutre de la sourdine, la légèreté sautillante des *pizzicatti*, le passage habile et bien dosé du plus suave *dolcissimo* au *fortis-*

simo tonitruant, enfin, l'impression merveilleuse que ce morceau de génie, interprété en virtuose, ne finirait jamais . . . C'était comme le plaisir, Mélie . . . tu sais : quand, au plus creux de la petite mort, on a tout juste le temps d'une invocation : « Mon Dieu, faites que je ne ressuscite pas ! . . . »

Je suis bien obligée de te dire, ma bien-aimée, que ce rire de Karine était plus beau que le plus beau des tiens et qu'il m'a mis le ventre en telle posture de joie que j'en évoquais ton ventre palpitant sur le mien, ton souffle haletant dans mon cou et les soyeux *glissandi* de nos cuisses enchevêtrées . . .

Je suis tout de même embêtée, à certains moments, à la pensée que Pascal, inévitablement, mettra sa truffe d'afghan dans nos affaires de femmes, pendant que je dormirai ou m'en irai faire le dîner du chenil . . .

Oui . . . Narcisse est enfin arrivé, les bras chargés de provisions dont je n'ose pas m'emparer encore pour les déballer, de peur que le moindre geste ne vienne troubler le moment solennel des muettes salutations, alors que le temps pour eux suspend son vol ! que leurs mains mettent à se rejoindre la lenteur et la grâce des branches de saules au-dessus des mares, et que leurs regards se détaillent des pieds à la tête, différant l'instant de plonger l'un dans l'autre comme, à plaisir, on diffère le plaisir de s'étreindre . . . Touchant, je t'assure ! . . . À faire crever d'envie quelqu'un d'esseulé comme moi qui n'aurait cependant pas, comme moi, l'expérience du moment qui suivra, une fois que les deux Adonis remis du point d'orgue entonneront les reproches : « As-tu vu l'heure ? où étais-tu passé ? même pas un coup de fil ! . . . j'en ai assez ! . . . là . . . j'en ai assez ! » . . . Tapements de pieds ! Grincements de dents ! Guitare au poing ! Crêpage de chignons sur le divan . . .

Pudiquement, je m'effacerai . . . J'irai me faire un kir dans le « coqueron » que nous avons bien improprement baptisé cuisine ! et que voilà encore aujourd'hui à l'état de dépotoir comme au lendemain de nos plus jolies fêtes et de mes pires égarements quand je mettais des heures à m'y reconnaître entre l'escalier du couloir, les apostrophes de madame Yvonne, et la porte de notre chambre . . . Est-ce pour cela que tu es partie ? parce que tu en avais assez de remettre à l'endroit ce qu'avait mis à l'envers la folle de ton logis ? Est-ce parce que tu n'en pouvais plus de passer le torchon toute seule qu'il a brûlé ? Si au moins je savais, je me résignerais mieux, car Rome, en l'an 64, a peut-être brûlé pour moins que cela ? Va donc savoir quand c'est Néron qui règne ! . . .

Avec un peu de maturité, on finit par comprendre que la relation de cause à effet n'est pas forcément proportionnelle, ni forcément logique, que si la fin justifie les moyens, elle n'a pas toujours de rapport évident avec ces moyens, et que la raison de nos propres actes, quelquefois, nous demeure à nous-même plus incommensurablement inconnue que la raison qui fait fuir les galaxies dans l'espace . . . Le sais-tu, toi au moins, pourquoi tu m'as quittée ? Est-ce que ça tourne bien rond, Mélie, dans ta tête et dans ton royaume ? . . .

Comme convenu, je ne t'ai pas avisée, au cours du paragraphe précédent, du moment précis où je me suis interrompue, et absentée de mon obsession pour aller déboucher une bouteille de vin blanc cueillie avec mille précautions furtives dans l'« aura » des illuminés. Si je me décide à faire une encoche aussi sérieuse dans l'unité de mon récit, ce n'est pas, tu penses bien, pour t'informer que ce kir est bu et que j'ai la ferme intention de m'en préparer un autre, *subito presto*, mais pour te dire que la colère est bue également, jusqu'à la lie, sur le divan des amoureux, que ce divan est désert à présent comme mon pauvre cœur et que, s'il s'en passe de belles, de vertes et de pas mûres sous le plafond michelangelesque et l'œil des ignobles « *ignudi* » ignominieusement maquillé, mon œil à moi n'en voit rien . . .

J'ai été prise de panique, ma chère Mélie, en me rappelant que tu connais fort bien la disposition de nos meubles qu'étant donné l'exiguïté des lieux nous avons groupés au centre de la pièce, sur une rondelle de vieux tapis agrippinien où ils forment un îlot paradisiaque, notre Doumka, couleur de pervenche, y trônant dans sa cage dorée, au milieu de plantes vertes, couleur d'émeraude . . . où . . . (tu me suis toujours ? tu ne manques pas de cigarettes ?) . . . hélas ! tu t'es souvenue, j'en suis certaine, que le devant de cette table-secrétaire sur laquelle je t'écris, et qui est le clou de la visite insulaire, sert de dossier au fameux divan qui en est la plage, où j'ai laissé, le temps d'une malencontreuse parenthèse, mes deux diablotins empoignés parmi les coussins qui volaient, au point que Doumka, qui est mime de mère en fille depuis des générations, a battu des ailes aussi ! Ô ciel ! que ma détresse est grande si tu as pu croire un seul instant . . . que je tiens la chandelle !

Écoute, Mélie, je veux bien être accusée de tous les péchés des Borgia (cela ne m'engage pas à grand'chose puisque je me fous, comme eux, du jugement de la populace et du jugement dernier), je veux bien que le paternel me suppose des amants de son âge qui délient pour moi, en période gaspilleuse, les cordons de leurs bourses . . .

78

(Mon humour n'est pas toujours distingué, j'en conviens et m'en excuse encore, ma princesse, mais il est à classer au rang des impondérables et de l'inattendu comme un ticket de métro au fond de mon sac à main et comme certains gestes dont j'ai parlé plus haut. Cet humour vient du subconscient objectif de mon inconscient subjectif, ou vice-versa selon qu'en jugerait une Faculté reconnue, mais, personnellement, je juge qu'il a le grand mérite de me sauver du désespoir, ainsi que je t'en ai déjà donné la preuve et, comme j'espère qu'il te rendra le même service un jour, je ne vais pas lui faire l'injure de la prendre au piège et au sérieux pour cause d'analyse, ni affiler mon couteau pour lui couper les cheveux en quatre, ce qui est considéré, depuis le premier concile jusqu'au dernier, comme une occupation ridicule et dérisoire !)

. . . je disais donc que si le paternel est encore plus vulgaire que moi pour qualifier mon emploi du temps, et redevient charretier, à hue et à dia, pour s'en prendre à mon gagne-pain perlé, je veux bien ne pas le contrarier, car il n'y a pas à sortir de là : un père a toujours raison ! . . .

(Où je considère, malgré tout, qu'il y a à redire et sujet de controverse, c'est quand les vieux nous font du chantage avec leur fragilité cardiaque qui a toujours quelque chose à voir avec des clauses de testament, car je ne connais rien de plus solide, de plus insensible, de plus égoïste, de plus coriace et, pour tout dire, de plus perfide qu'un cœur sénile . . . D'ailleurs je n'en conçois nul étonnement, car la vie ne vaudrait pas d'être vécue si on n'apprenait rien sur la condition humaine ! . . . Étant donné ce qu'à trente ans on a déjà eu l'occasion de souffrir et de constater, il est normal de supposer que trente ans plus tard, on en ait plein le dos, et qu'à force d'avoir encaissé les coups on ait appris à les donner, en prenant pour du bon pain la vieille loi du talion . . .

Si ma mémoire est plus fidèle que toi, ma douce, ce propos en infirme un antérieur alors que mon état d'esprit me portait vers l'indulgence plénière, mais, vu que ceci est une lettre et non un livre, je puis tout me permettre, n'est-ce-pas ? non seulement de vouer Michel-Ange aux orties sans m'exposer aux pires sévices et à me faire traiter de tous les noms qu'on donne aux plébéiens incultes, mais de patauger dans l'incohérence si cela me plaît, et d'être en contradiction constante avec moi-même, comme le commun des mortels, sans me faire taper sur les doigts comme sœur Adèle avait l'exécrable habitude de le faire quand je passais de la condition de chouchou à celle de souffre-douleur, par l'effet de quelque contradiction de son cœur ardent mais folâtre, sans doute en proie, entre l'angelus du soir et celui du matin, au tourment de bien choisir parmi la trop nombreuse offrande de nos jeunes vertus celle qui finirait par la combler pendant tout un carême . . .

Chère Mélie, je te dois encore ce bonheur : après avoir tant souhaité être écrivain, et si bien retenu ma plume d'oie blanche que mes manuscrits se noient dans l'eau de rose au fond de mes tiroirs, voilà que je découvre, grâce à ton obligeante absence, les avantages du genre épistolaire. Ne m'adressant qu'à toi que rien ne peut surprendre de ma part et que rien ne scandalise en général, je puis enfin être moi-même ! dire aussi bien « les choses qui ne se disent pas » que les choses qui ne tiennent pas debout, et démolir qui je veux, y compris tous les vieillards de la terre, sans craindre d'en blesser un que j'aimerais, sans craindre un infarctus pour tel autre à qui le chapeau que je confectionne irait comme un gant et qui pourrait fumer dans sa pipe mon honnête et légal tabac, sans craindre surtout qu'un critique à bout d'âge, éminemment misogyne et mangé aux mites, ne me démolisse à son tour, à coup d'encrier . . .)

Tranquille donc, je reviens au carrefour dont je flaire toutes les avenues depuis trois pages . . . « proustiennes » ! et, en espérant que tu n'es pas trop fatiguée de tourner en rond avec moi, je te dis ce qui va suivre avec toute la sincérité lucide et courageuse de mon cœur encore vert :

Je ne supporterais pas que tu m'imagines descendue au plus bas de l'échelle érotique, enrôlée dans la confrérie des habitués de trous de serrure, de murs transparents et de cinéma-vérité-porno à domicile !

Si cette pensée t'a effleurée, je te condamne sans procès, je t'anathématise sans espoir de clémence, je t'enterre vive comme une Vestale qui a manqué à ses devoirs et, afin que tu te rendes bien compte de ce qui t'attend, je demande à nul autre que Plutarque de te décrire la cérémonie : « L'infortunée coupable est menée sur un char funèbre, auquel elle est liée par des courroies de cuir, à travers le *Forum*, le *Vicus Longus*, l'*Alta Semita*, jusqu'à la *Porta Collina*. La foule s'écarte, on n'entend pas un mot, pas une plainte. Les larmes coulent, silencieuses, des yeux des spectateurs. Toute la ville est parcourue d'horreur et de douloureuse pitié. Finalement, le cortège arrive près de l'ouverture d'une crypte, le Grand Pontife lève les bras vers les Dieux, l'infortunée coupable descend par une échelle vers la tombe. À peine est-elle dans la crypte, l'échelle est ôtée, l'ouverture fermée par une grosse pierre, et on amasse de la terre par-dessus, jusqu'à effacer toute trace du lieu tragique. » . . . *Addio*, *Mélia* !

Si, par contre, tu n'as pas éteint mon feu sacré

du souffle fétide d'un infâme soupçon, je fais déchoir de son socle la Venus capitoline pour t'installer à sa place et je te demande pardon à genoux, en baisant tes deux chevilles adorables, avant de retourner où je serais encore sans l'accroc de cet incident déplorable dû à la crème de cassis et aux incartades de ma plume : aux chevilles enflées de Karine, baignant mes deux pieds dans la rivière de son rire, ventre à ventre avec toi en pensée . . . et avec l'annuaire du téléphone, en réalité.

Mais toutes les bonnes choses ont une fin ! Roulant sa bosse jusqu'au comptoir où elle allait sucrer nos *cappuccini*, Karine riait encore, mais je sentais venir la coda et je me demandais de quoi nous allions meubler les silences qui s'annonçaient . . . Il est bien connu que les cordonniers sont toujours les plus mal chaussés, mais il me semblait que « Firmin, le débosseleur » aurait pu s'abstenir de valider le proverbe à ce point cynique et je pouvais facilement prévoir qu'après ce merveilleux fou rire hystérique, Karine allait renoncer au *bel canto* pour revenir au grégorien et pousser un *lamento* déchirant . . .

Ne pouvant décemment filer à l'anglaise, après ce festin, je projetais néanmoins de sortir de la salle à l'entracte, et j'allais lui parler de mon chèque afin qu'elle me prête en toute confiance quelques sous pour rentrer chez moi, lorsqu'elle s'est écroulée sur le plancher en émettant un cri qui a dû s'entendre, sinon à Rome, du moins à *Viterbo* . . .

Tu sais quelle peur et quel profond dégoût m'inspire la seule pensée de cette mise à sac, à feu et à sang qu'est une mise au monde . . . (À la lumière de ce que tu connais de mon enfance, tu dois bien te douter que je n'ai pas eu besoin du confessionnal ou du divan pour découvrir que la naissance tragique de mon frère est à la source de l'horreur que j'éprouve à la seule vue d'une femme enceinte, mais sans cette excuse de taille, je crois que j'en serais toute de même arrivée à l'idée bien arrêtée que la vie n'est pas un cadeau présentable et qu'on devrait se retenir de l'offrir à n'importe quel inconnu qui dormait en paix dans les limbes sans rien demander, car ce cadeau, qui risque de coûter un prix fou, ne vaut pas mieux dans la plupart des cas que la jarre de Pandore.) Donc, n'aimant pas la chose, et encore moins le cérémonial de l'accouchement, j'ai toujours négligé de m'en instruire, mais en l'occurrence, il n'était pas nécessaire d'être grand clerc, ni spécialiste en obstétrique, pour comprendre que l'enfant en avait assez de son ballon et qu'il était bien décidé à le crever, dare-dare.

Quelle journée ! Mélie ! Il n'est pas étonnant que tant d'émotions m'aient brisée et que j'en déraille encore . . .

Après avoir craint la morgue pour moi et l'asile d'aliénés pour Karine, je me débattais avec le zéro zérotant du cadran téléphonique, manquant bien sûr de sang-froid pour trouver une ambulance, de mon propre chef, dans les pages jaunes.

Heureusement (si on peut parler d'un « heureusement » dans des cas pareils !), Karine habitant l'un de ces poulaillers conçus pour gagne-petit, dont les cloisons sont en papier de soie, son cri perçant (perçu très certainement par les monstres de *Bomarzo* sinon par les zouaves pontificaux), avait ameuté tous les coqs des loges avoisinantes . . .

Ah ma plume ! cesse de faire la girouette ! et le chien mal élevé qui tire sur sa laisse au moindre poteau qui passe ! . . . Mélie va écraser sa cigarette et s'en aller compter les pots d'azalées dans l'escalier de la Trinité-des-Monts . . . Mélie, à l'instar du paternel, va m'envoyer chez le diable, moi, mon chèque, ma parturiente et mes digressions . . . Plume, reviens ici, tout de suite !

Elle refuse d'obéir, Mélie ! . . . Il va bien falloir que je te dise quel odorant poteau l'a séduite et la retient, la patte en l'air ! . . . Qu'est-ce que je te donnerais bien pour que tu ne t'en ailles pas dénombrer les pins parasols sur le Janicule ? . . .

Veux-tu le diamant de ma mère dont Agrippine a dû se départir en faveur de ma majorité, par la force d'un ordre signé de la main d'une agonisante ? Ce joyau de ma couronne qui me permet d'entrer au Ritz en grande pompe et en grande dame, même fagotée de haillons, ce talisman, le veux-tu ? . . . Veux-tu ma bouche ? et des caresses voluptueuses à perdre haleine, pendant quarante heures d'affilée, tout un carême, ou mille et une nuits ? Me veux-tu pour piédestal, pour autel, pour reposoir ? Dis ce que tu veux, c'est donné ! pourvu que j'entende craquer tes allumettes régulièrement tous les quarts d'heure et qu'elles me servent de torches dans le sombre labyrinthe de mes pensées gigognes . . . Je ne te demande tout de même pas la lune, Mélie, reconnais-le, en échange de ce que je t'offre ? Me refuser le bout incandescent de ta cigarette équivaut à refuser au mourant qui la réclame la lueur d'une veilleuse . . . Ne te prépare pas de remords, Mélie, c'est mon conseil. Suis-moi.

Ma plume a flairé le mot « loges » . . . que j'employais tout simplement comme diminutif de logement, afin de conserver au H.L.M. de Karine son allure de poulailler . . . mais tu nous connais, ma plume et moi ! même lancées sur de fausses pistes, plus moyen de reculer . . . Toujours est-il que le mot loge se traduisant par « loggia » en italien, j'ai aussitôt pensé à Raphaël que ce mot évoque infailliblement, et je me suis encore ramassée au Vatican, à la page deux cent quarante et un du Guide bleu, pour le texte, et à de nombreuses autres pages de mes autres auteurs, pour les images.

L'ennui, c'est qu'au hasard de mon « feuilletage », cherchant le jeune maître d'Urbino et sa douce « *Fornarina* », je suis encore tombée sur le favori de Laurent le Magnifique et d'*Alessandro Farnese*. Une vraie calamité ! Ce vieillard-là m'en veut, c'est sûr, pour me talonner et me provoquer de la sorte ! Mais moi, j'ai décidé de vider la querelle et d'en finir avec lui une sainte fois pour toutes. Ce n'est pas bon pour le foie de nourrir des sentiments d'un jaune aussi prononcé envers quelqu'un qui a fait une mauvaise chute le 12 février 1564 et qui en est mort dans les bras de son amant *Tommaso di Cavalieri*, quatre jours après ! C'est triste au fond de penser qu'il n'avait que quatre-vingt-neuf ans et qu'il aurait pu, bâti comme il était, bafouer pendant quelques décennies de plus le souvenir de Paul III qui, en plus d'être sourd, n'en voyait pas clair de ce Michel-Ange ! C'est du moins ce que mon mauvais esprit a lu entre les lignes ! . . . C'est également par pure fantaisie méchante et par voie d'observation et de déduction que j'en suis arrivée à l'opinion qui va suivre et qui rivera, en ce qui me concerne, son dernier clou au tombeau du bonhomme. Sois patiente, j'en ai pour un seul paragraphe :

Je n'étais pas là, mais je suis absolument convaincue que lorsque Michel-Ange avait une femme à sculpter, il commençait par pétrir un homme. Puis, en dernier lieu, il s'emparait de deux mottes de glaise et reculait de dix pas pour viser le poitrail de la statue (quant aux mamelons, je n'ai pas besoin de dire comment les sadiques s'y prennent pour les mettre en valeur !) ce qui donne le beau résultat qu'on peut admirer dans mon « Tout Florence », au chapitre de la chapelle des Médicis ! *Que orrora* ! . . . Mais je suis du moins contente : tu ne verras pas ça, car c'est bien à Rome que tu t'es réfugiée ? si j'en crois le sceau de la poste sur le papier d'emballage que j'ai conservé précieusement et qui me sert de sous-main.

Là, je me sens mieux. Je suis libérée d'un grand poids ! Comme après une indigestion. J'avais réchauffé dans mon sein le hideux serpent de ce pauvre *Biagio da Cesena*, et j'ai l'impression maintenant de l'avoir vomi, de la tête à la queue. Tu n'as plus à redouter de moi que je tombe dans ce travers si humain de prendre plus de plaisir à dénigrer ce qui n'a pas l'heur de me plaire qu'à louanger ce que j'adore.

Si ma plume insolente et fureteuse sonne encore aux portes des musées, j'essaierai de lui faire entendre qu'elle n'y est pas admise et que les plus habiles descriptions qu'elle pourrait faire du « tireur d'épine » ou de « la mosaïque des colombes », ne seront jamais que pâles imitations, misérables et ridicules copies de chefs-d'œuvre dont tu es à même d'admirer les originaux tous les jours . . . Le fais-tu au moins, Mélie ? et vas-tu te promener quelquefois dans ces jolis cloîtres qui me font penser au préau de mon enfance et mourir de ma maladie préférée ?

Je voudrais être à Rome avec toi, ma bien-aimée, pour aller compter les plis dans les robes des saintes en extase au-dessus des autels, comme je comptais les fronces dans les jupons de soeur Adèle, satinés par l'usure, et les godets de tes déshabillés transparents, chiffonnés par ma main. On dit que dans les églises de Rome, moyennant quelques lires, les sacristains dardent des rayons de projecteurs sur les nonnes en pâmoison qu'ils te laissent tout à loisir contempler, en rêvant d'un plaisir de chair qui durerait aussi longtemps qu'un plaisir de marbre . . . Est-ce vrai ?

Il se peut évidemment que tu n'en saches rien et que tu n'aies pas étudié l'italien avec tant d'application et d'ardeur pour aller fréquenter les filles de joie des églises et courtiser dans leur langue, à *Santa Maria della Vittoria* ou à *San Francesco a Ripa*, la « Thérèse » et la « Louise » du Bernin . . .

toi que j'ai si souvent surprise, rôdeuse, curieuse et aguichante parmi toutes ces adolescentes à l'œil morne, au cœur et aux sens blasés par la drogue, qui gravitent autour de Vauquelin et de Nelson, au son des tambours africains, comme imbéciles papillons de nuit gravitant autour des lampadaires au son grésillant de leurs propres ailes, filles fantômes parmi lesquelles aujourd'hui je chercherais en vain un pâle reflet de toi que le chanvre allumait comme un flambeau ! . . . Ont-elles l'œil plus brillant, le cœur plus neuf, la langue plus déliée et le sourire plus invitant celles qui gravitent autour des obélisques, des colonnes et des fontaines de ton exil ? . . .

Qu'y a-t-il de commun, plumes de tout acabit et encriers de toutes les couleurs, entre vous et moi ? . . . J'ai beau crâner, Mélie, avec mes phrases pour parure et mon humour en dentelle, je suis consciente, au plus profond de l'inconscient de mon subconscient, de n'être rien de plus qu'une vieille autruche, toutes garnitures dehors et la tête à l'abri pour ne rien savoir du désert qui m'entoure et ignorer que mon plumage n'a non seulement plus rien à éventer que le vent, mais plus personne à séduire.

Je ne sais pas « *come si dice in italiano* », *signorina* de mon cœur, mais ce que je ressens pourrait bien se traduire par « être en perte de

vitesse », en français universel et populaire, et par
« filer down » en argot québécois truffé d'anglais.
J'ai bien peur de passer au travers du grand vela-
rium de ton absence pour choir dans le sable ensanglanté d'une arène éternelle, pâture pour les
fauves d'un Colisée remis à neuf, entièrement et
définitivement restauré par le Tout-Puissant lui-
même qui, comme chacun sait, n'est pas le moins
bâtisseur, ni le moins terroriste des gros bonnets de
ce monde.

Au moment où j'étais le mieux disposée envers la nature humaine (envers Raphaël, Ghirlan-
dajo, Botticelli et Donatello, en particulier, pour ne
citer que la crème), au moment où j'étais animée
(même envers Agrippine, même envers mes plus
séduisantes et lianesques rivales romaines possibles et probables), des plus nobles résolutions
qu'un être humain puisse concevoir, voilà le Narcisse qui émerge de l'ignoble chambre « ignu-
dienne », lumineux comme une aurore boréale,
triomphant et superbe comme Marc-Aurèle
« équestrement » installé sur le Capitole, transfi-
guré comme un disciple du Nazaréen au jour de la
Pentecôte et qui, sous l'impulsion sans doute de la
visitation récente du Saint-Esprit, me lance à la
cantonade, du bout de sa langue encore en feu :
« Pas de nouvelles, bonnes nouvelles ! »

Ce n'est pas très joli, ce que j'ai fait, Mélie !

Mais comme ce quotidien sort un peu de l'ordinaire, je t'en fais le résumé : j'ai hurlé un « *basta* » ! tel qu'en doivent hurler les « *mamma* » du Transtévère, je me suis levée péniblement de ma table et me suis jetée comme une louve étrusque outragée sur cet innocent *bambino* . . . Sans l'intervention de Pascal, il ne serait plus qu'un petit cadavre au milieu des philodendrons et moi, qu'une promise à la chaise électrique sous l'œil impitoyable d'une Doumka jabotant ma sentence et des oremus.

En ce qui me concerne, je n'aurais rien regretté puisque j'aspire au trépas de toutes mes forces vitales, mais dans le cas de Narcisse, c'eût été dommage, car il en est encore à dévorer son pain blanc et je voudrais bien qu'en toute justice, il goûte un peu du noir avant son dernier râle.

Le reste est à l'avenant : en bonne femelle terrassée par ma performance athlétique, j'ai perdu la face et fondu en larmes sur les timbres de mon sous-main que j'ai dû mettre à sécher sur la corde à linge.

Est-ce parce que tu redoutais ma violence et mes larmes, Mélie, que tu es sortie de ma vie et de notre maison comme un voleur y entrerait ? Est-ce pour cette raison-là que tu as fait ta valise en catimini ? Profitant de ce que je m'étais condamnée au neuf à cinq depuis des mois pour faire plaisir au paternel, bien sûr, mais surtout pour t'offrir la chaîne en or dont tu mourais d'envie . . . Pensais-tu à ma violence et à mes larmes le soir de mes trente-cinq ans, quand tu as soufflé sur les bougies avec moi, d'ailleurs si maladroitement qu'il en est restée une allumée, consumant avec tant de chaleur le vœu que j'avais fait de t'avoir toujours dans mon lit que dès le lendemain tu n'y étais plus ! . . .

Il ne subsistait de ta présence dans notre chambre que le vert de tes yeux dans les feuillages du papier peint, la vague odeur de ton parfum dans le duvet des oreillers, trois longs cheveux blonds sur le coussin de la bergère, et d'innombrables mégots dans le cendrier de la table de chevet . . . que je n'ai pas vidé depuis ! . . . Je n'ai pas non plus changé les draps ! . . .

Quant aux trois cheveux, je les ai religieusement recueillis, puis, à l'aide d'un morceau de ruban transparent adhésif et magique (scotch tape) j'en ai réuni les trois bouts et les ai fixés à un barreau de chaise, après quoi, m'étant accroupie à la turque, je les ai tressés, ce qui m'a pris un temps considérable, beaucoup d'habileté et de patience, étant donné leur finesse et leur fragilité . . . Je ne savais pas où je voulais en venir, mais, *molto più tardi*, quand j'ai eu sous les yeux la belle urne en bronze de Saint-Pierre-aux-Liens où sont conservées les chaînes que portaient l'Apôtre pendant sa captivité à Jérusalem, j'ai bien compris que je m'étais livrée ce soir-là au saint devoir de façonner une relique que j'ai l'intention d'offrir à la piété de mes rares fidèles, en la portant à mon cou à jamais, cachée dans un médaillon que je ferai faire plus somptueux encore que le tabernacle de *Caradosso*.

Fermata ! me voilà encore en route pour les bosquets romantiques et le mur des lamentations qui n'est même pas aurélien !

Mélie, parlons sérieusement, calmement . . .

Si tu es partie à cause du désordre et des tâches domestiques qui t'incombaient toujours, tu as eu raison, bien que cette raison ne soit pas raisonnable : tu n'avais qu'à faire la grève sur le tas ou qu'à me donner des ordres ! Je les aurais sorties, les poubelles ! . . . Est-il une seule chose que je t'aie déjà refusée, même si elle contrariait mes habitudes les plus ancrées, mon goût pour le chaos et ma nature brouillonne ? . . . Mais quelle que soit la raison de ce départ invraisemblable et inexplicable, si tu ne m'en a pas touché un mot par peur de ma violence, tu as eu tort, ça, tu le sais ! et tu serais malhonnête de le nier : me suis-je jamais jetée sur toi (comme je me suis jetée tout à l'heure sur l'éphèbe qui m'a narguée, probablement sans s'en douter d'ailleurs, tellement il est bête et gentil) ? sinon pour te renverser à l'improviste sur notre lit, te molester de véhémentes caresses, te brûler vive de mes baisers rouges, et te violer en bonne et due forme en te faisant des colliers, des bracelets et des ceintures de bleus . . . si bleus que tu devais t'habiller de chasubles et de cols cheminée pendant les sept lendemains suivants !

Si tu as si jalousement gardé ton secret tout le temps que je suppose par peur que je n'éclate en sanglots et ne tente de te passer des menottes insidieuses dont le fermoir eût été serti de mes larmes, tu t'es trompée bien davantage encore . . . Ai-je jamais pleuré devant toi sur un autre malheur que celui d'avoir perdu ma mère ? Ai-je jamais sangloté dans tes bras pour un autre motif que celui d'un bonheur physique dont je te rappellerais les détails à profusion, avec ferveur et en toute impudeur, si je ne craignais sans cesse que Pascal ne se mette la truffe jusqu'au chanfrein dans mes pattes de mouches et nos affaires de femmes . . .

Si au moins j'avais une adresse, Mélie ! ou bien seulement un tiroir qui ferme à clef ! Cette lettre que j'ai commencée légèrement en pensant que je la jetterais à la troisième phrase, j'y tiens à présent comme à mes deux prunelles, mais je ne sais qu'en faire si je m'éloigne : elle me confine plus radicalement à la maison que la rubéole ou qu'un enfant qui en serait atteint et dont j'aurais la garde . . .

Cette comparaison tout à fait inopinée et due à ma plume qui reprend du poil de la bête, me ramène à Karine que j'ai laissée sur le carreau, il y a plus de dix pages certainement, bien mal en point. Mais, de toute façon, comme elle est encore évanouie et qu'une légion de volatiles dévoués s'affaire, en caquetant, à la ranimer pour l'étendre sur la civière, j'ai encore le temps de te dire de ne pas t'inquiéter au sujet de mes rapports avec mon frère et son double . . .

Tu m'aimes tant . . . tu serais bien capable de te mettre martel en tête et d'imaginer toutes sortes de complications découlant du fait que si je survis à peine, sans toi, je pourrais encore moins subsister seule . . . Or, il y a des circonstances où il faut bien baptiser son vin si on veut le partager et si on a peur du proverbe « *qui beve da solo, muore da solo* » . . . mais, rassure-toi, s'il m'arrive d'être à couteaux tirés avec Narcisse, cela ne dure que le temps de remettre une épée au fourreau. Les longues accalmies sont par contre charmantes, car tout en fumant le calumet de paix, j'en profite pour énumérer mes conditions et pour insinuer que la vie communautaire n'est acceptable que dans le partage équitable des corvées . . .

J'insinue si bien qu'en général ma violence, mes larmes et mes édits ont pour effet que le dîner m'est servi sur un plateau et que la vaisselle est lavée à mon insu. Ce sont d'ailleurs là les deux seules corvées de rigueur, pour cause régulière de ventres affamés et pour cause de rareté d'assiettes dans les armoires . . .

Le reste s'en va à vau-l'eau dans la terre des plantes grasses et dans la petite auge en porcelaine de Doumka . . . comme je m'en vais à vau-l'eau aussi lorsque mes roueries sont par trop évidentes et mes conditions si draconiennes que mes deux gondoliers s'en vont donner la sérénade sur d'autres canaux pendant trois jours, comme c'est arrivé la semaine dernière alors que j'ai dérivé, plus pâle qu'Ophélie, jusqu'au flanc du Mont Royal et au seuil de Karine, parce qu'ils avaient poussé la vengeance au point de me dévaliser et de se munir d'un en-cas si copieux que, sans vivres et sans munitions, j'en lorgnais avec envie les graines de ma perruche comme si elle m'avait grignoté du caviar au nez, ou menacée d'une volée de mitraille !

C'était de bonne guerre ! Il y a des limites à tout, j'en conviens, Mélie . . . Je suis invivable ! Le paternel en oublie quand il m'apostrophe : j'ai des défauts bien plus graves et bien plus nombreux que ceux qu'il me jette à la figure ! . . . Mais malgré tout, et finalement (comme il faut bien se contenter de soi-même et des autres), une fois réglés les comptes et jaugées les armes, nous nous arrangeons assez bien, vivant dans un climat de détente et de sérénité, considérant tous trois qu'il y a mieux à faire dans la vie que le ménage, respectant le bonheur des objets vagabonds toujours disponibles à portée de nos désirs, et traitant la poussière en amie à qui nous ressemblerons un jour.

Te sachant néanmoins plus pointilleuse et exigeante que nous en ce qui concerne l'entretien d'un appartement, je me demande ce que tu aurais pensé de celui de Karine après son départ pour l'hôpital . . .

Personnellement, je n'y avais pas fait attention : c'est le regard qu'elle a jeté autour d'elle, avant de quitter ces lieux (sol natal prévu pour Firmin II), qui m'en a fait mesurer la décrépitude, la laideur et la tristesse, alors qu'elle avait l'air de dire adieu au palais Borghèse. Voyant les deux *cappuccini* renversés par terre et les tasses en miettes, elle m'a dit à l'oreille : « Je t'en prie, ça me ferait plaisir que tu restes ici pour réparer les dégâts . . . Ne m'accompagne pas. On ne te laisserait pas entrer . . . D'ailleurs, je serai de retour bientôt . . . » C'était des lambeaux de phrases, des souffles coupés, de petites choses innocentes et héroïques qu'on dit pour encourager ceux qu'on aime quand on est soi-même au désespoir . . . Puis, me faisant signe de me pencher encore plus près de sa bouche, elle a murmuré : « Tu trouveras un peu d'argent dans le premier tiroir de ma commode ; si tu en as besoin, prends-le. »

Là vraiment, Mélie, j'en ai vu des étoiles ! . . . Je n'avais pas dit un mot de l'état de mes finances, mais Karine, sans savoir évidemment que j'avais sur le cœur de quoi les remettre à flot, avait deviné que non seulement je crevais de faim depuis plusieurs jours, mais que je n'avais pas un sou pour rentrer chez moi. Menacée de mourir, elle se souciait de ma vie ! Ah Mélie ! si je l'avais rencontrée avant que le Destin ne se mêle de ce qui ne le regarde pas, je ne jure de rien !

Il y a eu encore quelques mots, épars comme les premières gouttes d'eau d'un orage approchant : « Pourtant, le temps n'est pas venu ! » . . . « Ce n'est pourtant pas l'heure ! » . . . Elle tenait à deux mains son ventre énorme ballant sur la civière . . . « Mon chéri, reste là . . . Tu n'es pas fini . . . Attends que Firmin revienne . . . Moi, je ne saurai pas quoi faire avec un petit garçon ! »

Puis, elle a posé longuement sur moi son beau regard couleur de ciel romain et, dans un sourire plus bouleversant que le plus bouleversant des tiens, elle a ajouté : « Ce sera un garçon ! Je le veux ! . . . Et je te veux pour marraine. Promets ! »

Ils l'ont emportée pendant que je criais : « C'est promis, Karine ! C'est promis ! »

Combien de temps suis-je restée là, pleurant comme une Madeleine en effaçant les traces probablement criminelles de ma visite, en essayant de relever sur les murs, sur les meubles, sur les montants du lit, les empreintes du bonheur que j'avais imaginé pour elle et qui n'était plus que cendres au bout de mes doigts, que monstrueuse espérance au creux de ses entrailles . . . car ma Karine a fait une rubéole au début de sa grossesse et il paraît que cet accident de santé peut avoir entraîné une malformation du fœtus . . .

Tu penses bien que je ne tiens pas ce double renseignement de la principale intéressée, encore moins de mes lueurs médicales, mais d'une voisine qui avait la langue mal pendue ! . . . Bien sûr, je ne crois pas un mot de cette rubéole dont Karine ne m'a pas parlé, ni des conséquences possibles qui sont invention de diable et de vipère tout crachés, mais . . . Ah Mélie ! combien de temps suis-je restée là, à haïr de toutes mes forces cette vieille pythie sur laquelle j'avais si brusquement refermé la porte que j'en avais failli pincer son gros derrière de guenon . . . Excuse-moi . . . je suis enragée ! Je suis un bouquet de colère ! Une fusée d'imprécations !

Je sais bien . . . j'avais pris, quelque part au cours de cette lettre (ou bien ailleurs), la résolution d'être bonne et indulgente ! Que veux-tu, on ne

peut jamais se fier à personne, pas même à soi ! . . .
On ne peut surtout pas se fier à sa mémoire et
j'avais oublié un moment la dose formidable de
fureur que cette commère m'avait injectée, ce paquet enrubanné comme un cadeau qu'elle me regardait déballer (l'air fébrile, anxieux, dément de
quelqu'un qui a payé sa place au Colisée), sachant
que j'y trouverais sinon un lion, du moins une
bombe, et jouissant d'avance d'un spectacle haut-
ement prisé depuis l'Antiquité jusqu'à nos jours,
surtout quand on est aux premières loges : la souffrance des autres.

Tu peux sauter trois ou quatre paragraphes,
Mélie, mais auparavant, donne-moi le pouvoir de
Néron, je serai plus tyran que lui. Donne-moi le
sabre de Persée, je faucherai d'un seul coup,
comme une seule tête de gorgone, toutes les têtes
indignes : tous les hommes d'abord ! et tous leurs
petits bruants fendants, malfaisants, sans cœur et
sans cervelle, qui font leur nid dans notre sol
soyeux, puis s'en vont pépier plus loin en se lavant
les pattes de l'omelette qu'on va faire avec les
œufs . . .
Puisque d'une manière ou d'une autre, la fin
du monde aura lieu, aussi bien la décréter pour
aujourd'hui et couper court à la sempiternelle menace du Jugement dernier, source de navrantes

obsessions (ainsi que tu peux en juger par certains de mes propos d'autant plus exemplaires que je ne suis même pas croyante), lequel Jugement dernier n'aurait pas lieu pour une raison très simple : la surprise aidant, et personne (sauf les Jordaniens), ne sachant exactement où se trouve la Vallée de Josaphat, chacun se contenterait de ressusciter chez soi, sans tambours ni trompettes, ravi d'éviter les fatigues du voyage, (tu dois en connaître plus long que moi sur le sujet !) et d'occuper tranquillement, sur la terre devenue paradis, le lopin qu'il a cultivé et la maison qu'il a construite. Tout cela serait plus raisonnable, tu n'es pas de mon avis ?

En tous cas, si, plus cartésienne qu'une rame de métro, tu considères que mon projet relève de l'utopie la plus caligulesque et si tu ne peux me donner ni le pouvoir d'un empereur, ni le sabre d'un héros, suggère-moi au moins un procédé de tout repos pour éliminer cette matrone de mon c . . . (puisque tu ne lis pas, je n'offense ni tes yeux verts ni ta bonne éducation !) qui pouvait surveiller de la fenêtre de son salon ce qui se passait dans l'utérus de ma pauvre Karine . . .

Si tu me donnais une bonne pierre, je pourrais même en faire deux coups et tuer Agrippine, ce qui lui vaudrait, sinon la fortune qu'elle mérite, du moins l'avantage de se présenter devant le grand Redresseur de torts, munie d'une preuve de supplice et coiffée d'une auréole aussi valable que celle de son historique aïeule qui, grâce à son fils qui l'a fait assassiner en l'an 59, doit cueillir depuis lors de fameux lauriers dans les jardins célestes . . . Si les modernes lauriers de ma belle-mère ne t'intéressent pas, songe que mon geste aurait pour effet immédiat d'épurer considérablement la planète en attendant, au mieux, qu'elle se transforme en éden, passée l'ère des dinosaures et des orangs-outans . . . Songe surtout, toi qui n'a jamais voulu que mon bien, à la chance inouïe que me donnerait ce double crime : au fond de mon cachot, seule et sachant pourquoi, j'aurais enfin à raconter une aventure si sensationnelle que trois éditeurs au moins se la disputeraient . . .

Reviens, Mélie ! Ce n'est pas bon pour la santé de retenir aussi longtemps la fumée dans tes poumons, je te l'ai dit cent fois ! . . . Expire . . . Lis . . . La crise est sous contrôle et, malgré le tragique de la situation, je parie que le paragraphe suivant va t'amuser :

Je suis encore étonnée que la standardiste ne m'ait pas envoyé une voiture de police au lieu de me promettre un taxi. J'ai donné l'adresse, puis je me rappelle avoir dit textuellement : « Surtout, je ne veux pas d'homme au volant ! je veux une femme ! et pas vieille ! ni grosse, s'il vous plaît ! » . . . J'ai eu la veine d'avoir une humoriste au bout du fil ; elle m'a répondu : « Ça tombe bien ! j'ai justement sous la main ce qu'il vous faut ! . . . Une manière de Marlène Jobert, ça irait ? À tout de suite, madame ! » . . . J'ai été prise de court pour la vedette car, en dépit du fait que je la trouve charmante et très drôle, j'ai toujours pensé que Jobert devait garnir une couche à la manière d'un glaçon, mais avant que j'aie trouvé la remplaçante (soit quelqu'un dans ton genre, dans celui de sœur Adèle ou de Louise Albertoni, et néanmoins mondialement et cinématographiquement connu comme Barrabas dans la Passion et *Antinoüs* à la *Villa Adriana*), ma comique avait raccroché !

Eh bien ! qu'en penses-tu de mon paragraphe ?

L'ennui, c'est qu'il ne correspond que partiellement à la vérité, c'est-à-dire que ce coup de téléphone, j'ai eu envie de le donner, mais une fois ma phrase bien mise au point dans ma tête, j'ai eu peur de m'oublier et de la laisser sortir de ma bouche. La réplique et le reste sont l'œuvre de l'encre . . . Moi, je suis tout bonnement descendue dans la rue et, riche des cinquante dollars de Karine (ne t'énerve pas : il y en avait cent et des miettes, et je lui rendrai ce que j'ai pris aussitôt qu'elle sera rentrée), avec le panache et l'assurance que donne l'argent au plus nu des va-nu-pieds, j'ai hélé le premier taxi qui passait, évidemment conduit par un vieux monsieur grisonnant, très gentil, surtout très silencieux, ce que j'apprécie en général chez les êtres humains depuis le temps de nos déjeuners sur l'île et que j'ai particulièrement apprécié dans ce cas-là, car je redoutais les frasques de ma langue comme je redoute celles de ma plume. Je commençais à craindre que la moindre amorce de conversation ne décide de mon sort et ne me mène là où, une heure plus tôt, j'avais appréhendé de devoir conduire mon amie : à l'Institut Prévost qui (tu t'en souviendras si tu n'es pas devenue la plus amnésique des apatrides) a été édifié non loin, sur les bords de la rivière des Prairies, de sorte qu'au ronron de l'eau puissent se calmer les détraqués les plus violents comme on prétend qu'ils se calment à la simple vue d'un aquarium.

Mélie, Mélie, au risque de radoter, il faudrait bien que je te dise encore une fois, pendant que me ramène à bon port ce taxi plus moelleux qu'un tapis magique, combien je suis heureuse d'écrire une lettre au lieu d'un livre. Je ne sais pas si tu te rends compte des fantaisies que cela me permet . . . J'ignore surtout si tu comprends bien qu'à force de tant me concentrer sur mes pirouettes et mes hautes voltiges pour éviter de me casser la figure, j'en oublie qu'elle est déjà cassée ! . . . Il se peut que j'aie complètement perdu l'esprit, *mia amata*, mais il m'arrive de penser que tu n'as traversé toutes ces mers bleues et tant d'azur turbulent, risquant naufrages et catastrophes, que pour me suggérer la couleur de ce papier à lettres qui, tout en me rappelant la couleur de tes plus jolis peignoirs, me maintient aussi sûrement à fleur d'eau qu'un matelas pneumatique . . . Il m'arrive de penser que tu t'es imposé le martyre de t'arracher de moi, non pas pour voir du pays, former ta jeunesse, et sauver ton âme, mais pour assurer ma prospérité morale et matérielle . . . dans mon intérêt pour tout dire et pour qu'enfin un éditeur comprenne qu'il a tout intérêt à me publier . . . bien que je demeure perplexe à la pensée de ce qu'un éditeur pourrait faire de l'interminable épître qu'une parfaite inconnue adresse à plus inconnue encore ! Car il faut convenir, ma chère Mélie, que nous ne sommes pas « Vincent et Théo », que notre célébrité est d'un autre ordre et d'ailleurs circonscrite dans un si petit quadrilatère que si tu peux y meubler de précisions ce qu'en toute connivence avec toi je laisse dans l'ombre et dans le vague, à peine une dizaine de lecteurs, dont Pascal, Narcisse et Karine, pourraient combler suffisamment les interlignes pour prendre plaisir aux sous-entendus et pour apprécier, sinon mon talent, du moins la sincérité de ma démarche . . .

Sans m'impliquer de manière précise, j'ai

parlé de tout cela à Pascal afin de le distraire de l'absence de Narcisse (qui traverse la rue tous les soirs, accompagné de sa flûte traversière, pour aller charmer les généreux Américains qui s'encanaillent à l'hôtel Iroquois), et vois-tu, Pascal n'est pas du tout de mon avis . . .

Il assure que le roman est mort . . . que déjà la jeunesse ne prise plus l'affabulation, fruit blet de civilisations hypocrites, rejeton débile d'ancêtres pharisiens . . . Il dit que le vent souffle du côté des opérations à cœur ouvert, des tripes au soleil, et du courage de faire de la peine à papa et maman . . . bref, qu'il n'est plus indispensable d'être Montherlant, ni de se voiler la face d'un masque pour oser dire qui on aime . . . Pascal est monté sur ses haut-parleurs. À l'instar de Mussolini, du haut de son balcon, il harangue les foules et les subjugue, assurant que l'avenir (dans le cas qui nous préoccupe : l'avenir des écrivains, doués ou non !) n'aura rien à voir avec le passé ! . . . Pauvre chéri, je crois qu'il essaie de me redire que je n'ai pas le moindre talent, mais que ma bonne volonté et ma sincérité suffiront pour me porter au pinacle ! . . . Mais moi, à la lumière de ce discours aussi filandreux que mon style et frisant le pastiche, j'ai tôt fait de comprendre que Pascal a éventé toutes mes ruses et que, malgré les trésors d'imagination que j'ai gaspillés pour soustraire ces pages à son insa-

tiable curiosité (depuis le dessous du tapis agrippinien jusqu'à ma dernière trouvaille : le casque du
séchoir à cheveux !) mon frère me suit à une vir-
gule près depuis le commencement de cette rédac-
tion comme, depuis le commencement des com-
mencements, il n'a jamais semblé respirer à l'aise
que sous la tente de mes jupons !

Voilà une digression qui aura fait d'une pierre
deux coups : ayant d'une part effacé toute trace de
Narcisse dans les grands yeux dorés de mon
afghan (qui pourra « guitariser » tranquille jusqu'à
l'algarade du « retour trop tard » et des ignomi-
nieux soupçons), elle m'a rappelé, d'autre part,
qu'à deux ans déjà Pascal savait trouver une aiguille dans mes tas de foin et que, par conséquent,
j'étais bien ridicule aujourd'hui, dans ce grenier pas
plus grand qu'un mouchoir de poche, de prétendre
dissimuler tout mon panier à ouvrage à cet enfant
prodige, passé maître depuis longtemps dans l'art
de la détection.

Tout irait donc pour le mieux dans le meilleur
des mondes si je ne m'étais crue obligée de jouer
l'indignation et de lui donner une carte blanche
frangée de mots acerbes . . . Que je suis fatiguée,
Mélie, d'avoir affaire à des fourbes et à des men-
teurs ! Pourtant, avec mes grands airs et ma fraîche
découverte, je ne demandais qu'à rire en lui ten-
dant mon paquet de feuilles pour qu'il y mette le

nez devant moi ! . . . C'est la patte qu'il y a mis ! À toute volée ! . . . Si bien que Doumka, croyant encore à une migration massive de ses semblables vers des cieux plus cléments, s'est mise à cogner du bec sur le loquet de sa cage ! si bien que moi, je me suis retrouvée dans la position d'une louve étrusque, en train de rapailler *Remus* et *Romulus* . . . que je me félicitais tout bas d'avoir paginés . . . *Uno . . . Due . . . Sessanta . . . Novantadue . . .*

Ah Mélie ! si, à cette minute, tu paraissais à la porte, j'en connais un qui la prendrait ! . . . Mais tu ne parais pas, et j'ai toujours ce maudit proverbe italien dans la tête : « Si je bois seule, je mourrai seule ! »

« Tant va la cruche à l'eau qu'à la fin, elle se casse. » Je n'ai pas pu me retenir, Mélie . . . J'étais là, récupérant de peine et de misère, un à un, les fruits bleus de mon labeur et de mon amour qui s'étaient accrochés aux feuilles des philodendrons et faufilés sous les meubles, lorsqu'il m'est passé entre les dents des reproches typiquement féminins, c'est-à-dire n'ayant absolument rien à voir avec le contexte : « Narcisse, au moins, il travaille ! Et toi, tu vis en parasite, à ses crochets ! Quand te décideras-tu à jouer de la guitare ailleurs que dans mes oreilles ? »

Vraie fille épaisse de mon père ! . . . « Va chez le diable si tu veux, mais qu'il te paie ! » . . . Les deux pieds dans ma solitude ! . . . « Pascal, excuse-moi, je n'ai pas voulu dire ça ! . . . Je sais que tu finiras par te débrouiller ! et moi aussi ! On les aura les Anglais ! » . . . Ce que les Anglais sont venus faire dans mon désarroi, je me le demande encore ! . . . « Pascal, je t'en prie, ne t'en va pas ! . . . » Pauvres femelles que nous sommes ! Toujours la même ritournelle en bouche : « Ne me quitte pas ! » . . . « Tout, mais pas ça ! »

Il est resté ! mais plus coléreux qu'un ouragan dans la chambre à coucher de l'avenue des Tilleuls !

« Aboie un peu moins fort, Savonarole ! Je n'ai pas les quatre-vingts ans d'*Alessandro Farnese* pour être sourde ! »

Ne t'en fais pas, Mélie . . . ça va s'arranger !

Dis-moi plutôt . . . Dis-moi, mon adorée ? pendant ces cinq années que nous avons passées ensemble sans jamais que je t'écrive un mot, tout en barbouillant tant de papier, la désirais-tu, cette lettre ? . . . N'es-tu partie, au fond, que pour la recevoir ? et pour qu'enfin je mette noir sur blanc nos nuits glorieuses et nos tendres matins ? . . . Réponds-moi . . . Si c'est oui, comme tu es cruelle d'être partie sans me faire part de ta belle intention et sans me donner ton adresse ! Je ne suis plus qu'un vieux chien hargneux qui guette le facteur en montrant les crocs. Me voilà plus pitoyable qu'un pitre sans personne à faire éclater de rire, plus désespérée qu'une *mamma* sans *cherubino* après qui hurler . . . Je ne suis que rien de rien, Mélie . . . « Toutes portes ouvertes . . . En plein courant d'air . . . Sans toi . . . Sans toi . . . »

Voilà ce que je me fredonnais, assise sur la banquette arrière de mon tapis magique et climatisé, par ce bel après-midi torride. Puis, m'apercevant soudain que j'avais reculé vers toi sans même fermer les yeux, j'ai été prise de panique : était-ce là le signe évident d'un dangereux progrès de la maladie dont je souffre depuis la première voiture du paternel ? Avais-je atteint un sommet schizophrénique ? Étais-je menacée par le stade fœtal, généralement fatidique ? J'en serais peut-être arrivée à la conclusion cruciale que j'avais besoin, de toute urgence, des secours de la psychanalyse, si je n'avais eu, derechef, le secours de mes pensées gigognes . . .

À partir du mot « maladie » et certaine que la grossesse en est une, et des plus malignes, j'ai pensé à Karine, évidemment . . .

« Il faudra que je téléphone à l'hôpital en arrivant . . . C'est l'hôpital où ma mère est morte . . .

Quand et de quoi vais-je mourir, moi ?

Si ce vieillard avait une attaque !

Il conduit trop vite . . . Les vieux ont le cœur si fragile . . .

Le beau bruit que cela ferait !

Plus beau que « La jeune fille et la mort » . . .

Maintenant, j'ai les moyens de remplacer ce disque si copieusement égratigné que j'en perds le meilleur . . . surtout la seconde variation . . . quand le violoncelle s'empare de la mélodie, l'enlace et la berce en pleurant comme on berce quelqu'un qui n'est pas là . . .

J'aurais dû profiter de l'absence de Pascal pour faire valser la *signora Rossi* sur la table tournante et lui égratigner le visage . . . *Uno* . . . *Due* . . . *Tre* . . .

Déjà trois dollars au compteur !

C'est devenu exorbitant de confier sa vie à n'importe quel cardiaque, en ignorant tout de ses hantises sexuelles et de ses instincts misogynes !

Le bruit ! . . . c'est peut-être le bruit qui me manque le plus quand Pascal prend la poudre d'escampette . . .

Bienheureuse Louise Albertoni, faites qu'il revienne ! . . .

Je le bercerai comme lorsqu'il était nourrisson . . .

Je lui donnerai le sein . . .

Je promets, en tous cas, de faire des excuses . . .

Je n'ai personne à qui laisser ce diamant si
Mélie ne me donne pas signe de vie avant que je
meure ! »

Le taxi venait de s'immobiliser brusquement
au signal d'un feu rouge, en plein soleil, et si la
dernière de mes pensées gigognes s'est alors posée
sur mon diamant, c'est qu'un rayon venait de l'allumer de tant de feux que je n'en pouvais détacher
le regard . . .

Comme tu le sais, il s'agit d'une pierre d'une
rare qualité et de la plus belle eau . . . (Ce détail est
pour toi, Pascal, qui ne connaît pas la valeur des
choses, au cas où tu déciderais de me la voler et de
la troquer contre une nouvelle guitare : tu veilleras
à ne pas faire un mauvais marché ! . . . Pendant
que j'y suis, ne crains rien au sujet du chèque : je te
dirai, en temps et lieu, mais pas tout de suite, où il
est . . . Tu es mon enfant chéri et si Mélie ne veut
pas de mes biens, tu seras mon légataire universel . . . Oui . . . je ferai mon testament . . . *Più
tardi* . . . C'est promis, mais en attendant, déguise-
toi en pur esprit, s'il te plaît !)

Où en étais-je ? . . . Ah Mélie ! ce prodige ne
durera que le temps pour un feu rouge de passer au
vert, mais il me faudra l'éternité pour te le décrire,
si ma plume est d'accord (ce que j'ignore pour
l'instant étant donné son faible pour les coups de

tête) et si ma main droite veut bien consentir à souffrir encore, ce qui est beaucoup lui demander étant donné qu'elle rechigne à l'ouvrage depuis déjà plusieurs jours, crispée au point qu'il me faut parfois m'interrompre pour lui accorder le répit de quelques exercices qui consistent (selon une méthode que j'ai mise au point pour elle), à lui faire faire la roue comme un paon . . . tandis que ma fainéante main gauche se détend n'importe où et sur n'importe quoi avec tant de nonchalante élégance que tu en prenais ombrage, souviens-toi, comme d'une entreprise de séduction sur quelque autre objet que toi . . .

Tu avais bien tort, Mélie, mais il serait mal à propos de te démontrer que la jalousie t'égarait, car cette pauvre innocente, au moment dont je parle, était négligemment posée à plat sur ma propre cuisse, et d'ailleurs séparée d'elle par la rugueuse épaisseur du vêtement que nous affectionnons . . .

À peine agité par le rythme de mes pulsations et les légères vibrations du moteur, le diamant s'était mis à briller avec une telle intensité qu'on eût dit l'étoile polaire en plein cœur de nuit noire, ou encore un iceberg miroitant à fleur de mer en plein midi et, comme si l'étoile et le glacier avaient confondu leurs images dans un corps à corps de pointes et d'arêtes, il en jaillissait des éclairs plus bleus qu'au tranchant d'épées qui combattent, et

114

de fulgurantes étincelles, si rouges qu'au lieu de s'éteindre en touchant les obstacles, elles semblaient les allumer, criblant d'innombrables et mobiles pois lumineux tout ce qu'elles rencontraient, depuis la nuque de mon chauffeur jusqu'au lointain horizon des gratte-ciel déformés par la vitre bombée du pare-brise. C'est alors que je m'aperçus, à certaine lueur qui émanait de la pierre comme de ton regard, à certaine odeur aussi (dont il ne reste pourtant plus trace depuis ton départ que dans les plumes d'oie des oreillers), que tu étais là, vivante, à l'intérieur de ce brasier de glace, microscopique mais complète et plus ardente qu'au premier jour . . . Il a suffi d'un déclic dans mon esprit, d'un tour de passe-passe . . . J'avais fait rouler sur ses gonds l'une des petites facettes, aussi aisément qu'on pousse le battant d'une porte déverrouillée . . . Ton accueil était celui des premiers temps de l'amour, alors que les retrouvailles, au bout des plus courtes absences, avaient des allures de gala. Tout en me tenant serrée contre toi, riant, pleurant, me questionnant, tu étendais continuellement les mains pour lisser autour de nous, en nous faisant pivoter, les parois transparentes de notre minuscule univers . . . Peu à peu, les millions de facettes n'ont plus formé qu'une sorte d'ampoule translucide parfaitement ajustée à nos deux corps, et à bord de laquelle nous étions non seulement inséparables, mais invulnérables . . . De feu et d'acier, la lumière y ricochait en grêle pour finalement éclater au loin en feux de Bengale . . .

Sans doute un nuage est-il passé à ce moment-là sur mon soleil magicien car la nuit s'est faite d'un coup, mais sans que j'en éprouve aucune terreur, car nous n'étions plus, comme je l'ai si souvent désiré, que deux siamoises au creux d'un ventre, où tes yeux de jade devenus phosphorescents nous servaient de lanternes, et ton incomparable parfum de seul air à respirer.

À jamais ! car il est inutile de te dire qu'ayant trouvé dans le rêve un bonheur que la réalité n'accorde pas, je n'allais pas me priver d'en extraire le dard qui empoisonne tous les bonheurs humains : le temps !

Tu vois, Mélie, comme c'est simple ! Tu peux bien faire trois fois le tour du monde si tu veux, tu ne feras que le tour de mon cœur. Tu peux bien t'ébattre au milieu des pigeons de la place Navona, c'est une illusion, ma chérie, car j'ai refermé tes ailes sur moi avant qu'aucun oiseau n'existe sur terre. Tu peux bien permettre à d'autres mains que les miennes de chiffonner ton déshabillé bleu, ces mains s'y écorcheront car il est de marbre, et toi, plus froide et plus figée qu'une statue sur l'autel de mon amour. C'est l'heure de la sieste à Rome . . . Toutes les églises sont fermées . . . *Chiuso* !

116

Mon Dieu, que tu fumes, Mélie ! J'ai entendu dire déjà qu'un voyage est l'occasion rêvée pour se débarrasser de cette vilaine habitude, étant donné qu'on trouve rarement à l'étranger l'équivalent de ce qu'on prisait chez soi. Mais telle que je te connais, tu as préféré te faire violence et, coûte que coûte, à Rome, agir comme les Romains ! Ce que j'en disais, c'était pour ta santé car au fond, tout ce qui me reste pour être sûre de ta présence, c'est cette petite cloche que sonnent tes allumettes dans mon souvenir et les beignets de fumée mauve qui me couronnent . . . Tant que j'entendrai cette cloche, Mélie, et que j'aurai sur la tête de pareils diadèmes, tout n'est pas perdu ! . . . ainsi que disait sœur Adèle pour me consoler de ses éclipses tout en m'abreuvant d'asparoline pour régler les démêlés de mon ventre avec la lune : « Tant qu'il y a de la vie, il y a de l'espoir ! »

Mais Mélie ! . . . Le glas ! . . . Quand sonne le glas, Mélie ?

Ah ma plume ! je t'en supplie à mille genoux, ne t'arrête pas à cette borne ! . . . Mélie ! au secours ! Je viens d'avoir une syncope ! . . . Je t'ai vue morte et enterrée dans le mausolée d'Hadrien ! . . . C'est évident comme le nez au milieu du visage ! . . . C'est la seule explication possible ! . . .

Après avoir mis les livres à la poste, tu as

traversé le pont Saint-Ange . . . en comptant les anges de chaque côté de toi . . . Il y en a dix . . . Peut-être auparavant, en passant par la *via Coronari*, m'avais-tu acheté chez un antiquaire un joli miroir ancien sur lequel tu te proposais d'écrire : « Je t'aime », avec ton bâton de rouge à lèvres, mais tu t'es dirigée vers le pont et le château . . . Tu as pris ton billet et tu t'es laissée tenter par un attrayant petit guide illustré en songeant, non seulement qu'il t'éviterait de faire l'idiote, à la remorque d'un cicerone officiel, mais que tu pourrais t'en servir pour protéger le miroir au moment de me l'expédier . . . Puis, tu as pénétré dans le vestibule et examiné consciencieusement les maquettes qui témoignent des transformations successives de la célèbre rotonde qui, d'abord conçue en vue des fins dernières, fut ensuite affectée à des fins militaires et stratégiques, passant de glorieux tombeau à l'état de forteresse, de prison, de refuge . . . Ayant bien retenu les dates, et jugé à ton aune le bien-fondé de tant de perturbations, tu as emprunté la rampe hélicoïdale bordée de niches qui abritaient autrefois des urnes funéraires, en te souvenant, j'en suis certaine, que nous avons pris ensemble les dispositions nécessaires pour passer au four, nous aussi, le temps venu . . . Une fois au cœur de l'édifice, tu y as vu les collections d'armes et d'armures, les cellules historiques, celle où *Ben-*

venuto Cellini aurait été enfermé à la suite de je ne sais plus quelle bisbille avec quel pape . . . (Ça devient énervant, à la fin, de toujours arriver en plein drame quand on cherche qui est qui dans le dictionnaire universel des noms propres !) . . . Ensuite, tu t'es rendue aux appartements de Paul III qui, comme tu le sais, ne se privait de rien en ce qui concerne les décorateurs, faisant orner de stucs et de murales en trompe-l'œil baroque, le moindre de ses cabinets . . . j'égrène ces détails en pleurant sur la page cent-dix-huit de mon cher Guide bleu . . . et je te suis comme ton ombre dans cet escalier romain qui t'a conduite à la terrasse supérieure dominée par l'ange de bronze de *Pietro van Verschaffelt*. « Panorama sur la ville et le Vatican. Noter le corridor d'Alexandre VI, passage fortifié qui reliait le Vatican au Château » . . .

C'est de là, sûrement, que tu es tombée, ton miroir à la main, sur lequel tu n'avais rien écrit encore, car, distraite comme d'habitude, tu avais laissé ton bâton de rouge à l'hôtel et je n'étais pas là pour te prêter le mien qui est toujours scrupuleusement de la même teinte, pour cette raison-là, et bien que que cette couleur ne convienne pas du tout à mon teint basané et à mes cheveux noirs . . . Combien de fois t'ai-je dit de ne pas t'exposer au vertige, Mélie ! C'est une manie de touriste de grimper dans les campaniles et les coupoles ! et dans ce cas-ci, c'est idiot puisque le panorama en question n'a que deux étoiles à la clef . . . D'après moi, tu aurais été mieux inspirée, au bout de la rue *Coronari*, de franchir le Tibre et de t'en aller escalader le Janicule pour y admirer Rome dans toute sa splendeur ocrée, entre deux pins parasols, à perte de vue jusqu'au Pincio, d'autant plus à ton aise qu'en te promenant dans ce merveilleux jardin clôturé de hauts remparts, tu n'aurais pas risqué à tout instant d'être aspirée par le vide et de plonger dans cette mer de toits et de balcons fleuris déferlant entre les sept collines, parmi les superbes écueils que les souverains, civils et religieux, y ont semés, depuis les palais, les forums et les théâtres en ruines jusqu'aux obélisques païens et aux innombrables dômes qui font l'orgueil de la chrétienté . . .

Mais toute seule, tu passes ton temps à faire des bêtises ! Il ne faudrait jamais te quitter d'une sandale ! . . .

Qui va recueillir tes restes, maintenant ? Qui va te réduire en cendres et te moudre assez menue pour que tu tiennes tout entière, avec tes trois cheveux dorés, dans mon beau médaillon ? Car, telle que je te connais, tu n'avais pas un seul papier sur toi, et, sauvage comme tu es, il n'est pas âme qui vive à Rome capable de reconnaître la tienne, surtout morte, et de me l'envoyer « *per avione* », afin que j'en dispose selon tes instructions rédigées en bon français sur un napperon de l'hôtel Iroquois ? . . . Tu as vraiment tout fait pour qu'on te balance au fond du puits de marbre de la cour de l'Ange, et qu'on t'oublie là comme un pauvre pioupiou inconnu, sous un monceau de boulets disposés en pyramide sur ta dépouille . . .

Pitié, Mélie ! Allume une cigarette, la plus forte et la plus puante que tu pourras trouver ! . . Sonne-moi un petit angélus du matin ! . . . J'ai peur ! . . .

Rentrons au logis, ma chère folle !

Quelque part, au milieu de mes divagations, entre ce diamant qui flambait et ton âme en mille miettes, autant te le dire, j'ai passé deux ou trois jours dans les vertes profondeurs d'un Tibre tumultueux d'où je ne percevais que vaguement les bruits de surface, les écumantes ruptures entre mon frère et son miroir, et les déchirantes accordailles de leurs instruments au diapason d'une Doumka qui m'a fait l'inestimable surprise de se mettre à compter à tue-tête, en italien . . . imperturbable comme un métronome . . . *Uno* . . . *Due* . . . *Tre* . . .

Du coup, j'ai émergé des abîmes et me suis dit que si une perruche se donnait la peine d'apprendre à parler, sans même franchir l'étape d'une langue maternelle avant d'accéder à la seconde, j'étais la dernière des dernières de donner la mienne au chat et de sombrer dans la désespérance !

Ça y est, tu penses que je suis complètement cinglée ! C'est bien ce que j'ai pensé aussi lorsque le feu rouge est passé au vert et que le taxi s'est ébranlé, lorsque, lilliputienne à l'intérieur de ma pierre précieuse, je me suis demandée comment faire pour en sortir, payer ce brave vieux, et descendre de sa voiture.

Alors, je me suis jetée sur mes pensées gigognes comme la misère sur le pauvre monde. Je suis partie de mon annulaire pour aller au bout de mes ongles . . .

« Je me néglige . . . Ils sont trop longs . . . Le vernis est tout écaillé . . .

Mes cheveux aussi sont trop longs. Mélie les aime quand ils rasent tout juste les lobes de mes oreilles . . .

L'apparence, c'est important, en amour . . .

Il faut soigner son apparence . . .

Par respect pour les autres . . .

Dans quelle fureur s'est mise Adèle lorsque j'ai rougi mes lèvres et mes joues pour la première fois ! . . . J'ai dit : « C'est pour moi ! » Elle a crié : « Non ! vous mentez, c'est par coquetterie ! c'est pour séduire ! » . . .

Elle avait raison, en cela comme en tout !

C'est pour séduire !

Je vais rentrer à la maison, laver mon linge et ma personne . . . Lundi, j'irai chez le coiffeur avant de passer à la banque et chez le joaillier . . . pour le médaillon . . .

Mais, à la maison, si Pascal n'est toujours pas là, je vais fondre en larmes, c'est sûr . . .

Elle avait réussi à me faire pleurer ce jour-là, l'Adèle ! et le fard dégoulinant avait ensanglanté mon col de dentelle blanche ! . . .

J'ai l'air de quoi ?

Si je portais une robe de temps en temps . . . pour changer ! Mais Mélie n'aime pas les robes . . . Cela lui rappelle le temps des curés ! . . .

J'ai trop mangé . . . Je me suis empiffrée comme une vulgaire Agrippine . . . J'aurais dû me retenir . . . Après un si long jeûne, il aurait fallu recommencer tout doucement . . . avec un simple *cappuccino*, peut-être . . .

J'ai la nausée comme une femme enceinte !

Et après cela, on a le front de dire qu'une femme enceinte est en bonne santé ! . . .

Je me sens gonflée comme Karine . . .

Mon Dieu ! Il faut absolument que je me renseigne . . . que j'appelle à l'hôpital . . . tout de suite ! »

Je venais d'aviser une cabine téléphonique et, bien qu'à plusieurs rues encore de chez moi, je décidai de quitter mon carrosse et de mettre un terme sur le champ à ma ruineuse randonnée . . .

Mine de rien, le vieux m'avait souvent regardée dans son rétroviseur, mais au moment de me rendre la monnaie, il s'est retourné carrément pour m'examiner . . . au complet ! C'est vrai que je devais avoir un drôle d'air avec mes jeans délavés dont j'avais détaché le bouton, mon chemisier de coton fripé qui n'avait plus de boutons du tout, noué sous mes seins comme un mouchoir . . . et mon diamant de trois carats qui s'était remis à faire des siennes avec le soleil ! . . . Il m'a demandé : « Qu'est-ce que vous faites dans la vie ? »

Nous avons beau être habituées à cette damnée question, et même la trouver quelquefois pertinente, cela devient crispant à la fin cette manie qu'ont les hommes de vouloir à tout prix savoir ce qu'on fait dans la vie en général, et le soir même en particulier ! . . . J'ai répondu : « Je suis étudiante. J'apprends l'italien » . . . S'il ne m'a pas crue, c'est sûrement à cause de cette impudente pierre qui flambait toujours comme une torche entre nous deux, car, pour le reste, j'étais très typiquement la sauterelle en maraude sur la place Jacques-Cartier, la pittoresque étudiante échevelée et dépenaillée, prise en flagrant délit d'école buissonnière, des alibis plein la bouche.

Logiquement, j'aurais dû me précipiter dans cette cabine téléphonique, mais quelqu'un m'a devancée au pas de course et s'y est engouffré avant moi. Je me suis alors postée non loin pour attendre, assise sur le rebord de l'un de ces énormes baquets bruns hérissés d'arbres nains qui s'y étiolent et jalonnent si tristement nos rues qu'on n'a même pas envie de les identifier. Naturellement, je me suis retrouvée dans l'escalier de la Trinité-des-Monts, en train de faire le tri dans une mer d'azalées roses et blanches, mais je fus aussitôt distraite et malheureuse à la pensée que tu as peut-être manqué le spectacle si tu as négligé de t'y rendre au tout début de ton séjour car, fin avril, il arrive que le printemps soit déjà fané sur Rome et que le vent se parfume des fleurs de magnolias qu'il charrie d'une colline à l'autre. Il se peut même que faute d'être montée au Capitole dès le lendemain de ton arrivée, tu aies trouvé tout dégarnis de leur glycine les arceaux du petit escalier latéral que j'emprunte si souvent en pensée et en rêve dans l'espoir de t'y frôler par hasard, ou de seulement t'apercevoir, au bout de ce merveilleux tunnel ajouré, nimbée d'une tremblante lumière mauve . . . C'est comme si j'y étais, Mélie ! . . . Quelle Romaine pourrait mieux que moi te conduire en temps propice là où les prodiges ont fidèlement lieu ? Si seulement tu m'avais prévenue de ton escapade, en caressant ce projet fou avec moi, j'aurais pu en mettre au point les moindres détails comme je le fais, hélas à retardement... mais si bien, que je pourrais te conduire à la fontaine de *Trevi*, le jour où on vide le bassin pour le nettoyer, où on enduit d'une écume savonneuse la crinière des chevaux marins tandis que les gamins pêchent à la ficelle les pièces de ces innombrables dupes qui les y avaient jetées contre la promesse de revenir à Rome... (En passant, je te suggère quelques économies, car enfin, réfléchis un peu... c'est idiot cette légende : il faut bien qu'il y ait une dernière fois dans la vie d'un touriste humain et plus d'un, revenu au bercail et au tombeau, doit être déçu à l'heure qu'il est !... à moins qu'on ne se soit trompé sur le site du gigantesque rassemblement final !... et que le grand Redresseur de torts dont on n'a jamais sérieusement vu la face, soit nul autre que cet arrogant Neptune, en petite tenue, qui attendrait les élus pour les nicher entre les colonnes du palais *Poli*, et les damnés pour leur faire boire jusqu'à plus soif l'eau du bassin !...)

Je pourrais, Mélie, te conduire au *Pincio* à l'heure exacte du crépuscule où le soleil atterrit sur le Vatican qu'il incendie, comme si vraiment il se passait là quelque chose de terrible et de scandaleux, quelque chose que la nature elle-même réprouve et qui s'attire de divines foudres ! . . .

Tout cela dit sans vouloir me vanter, mais comment veux-tu que j'en revienne de ce voyage que je n'ai pas fait ? sinon en me promenant sur mes nuages ? et en notant les bonnes adresses au cas où j'aurais un jour l'occasion de m'en servir, fut-ce en dernier ressort, la veille du Jugement dernier, ayant bien étudié mes cartes routières et maritimes afin de m'égarer le plus vraisemblablement possible aux alentours de la Ville éternelle, clefs de Saint-Pierre en poche, avant de repérer cette maudite vallée jordanienne . . .

Pendu au fil du téléphone, à l'intérieur de sa case vitrée, et muni d'un carnet visiblement très usagé, débordant de numéros, mon coureur encore essoufflé et sautillant jouait à la roulette du bout d'un index de plus en plus fébrile à force d'insuccès. Ce n'était pas sorcier de comprendre qu'il s'agissait d'un coureur de jupons et qu'ayant mal pris le départ, il en avait encore pour un bon moment à trouver sa monture et à tenter d'organiser le triomphe-surprise du samedi soir en jetant au hasard des promesses de « pots-de-vin.»

Je me demande encore ce qui m'a retenue de tambouriner contre la vitre pour offrir mes services, en échange de quoi j'aurais dit amen à n'importe quelles doléances matrimoniales et serais tombée d'accord avec les plus surprenantes perversions sexuelles pourvu que mon client les eût généreusement arrosées de *Frascati*, en saluant chaque nouveau verre plein d'un : « *May you never drink alone !* », ce qui est, comme tu le sais, une façon moins cruelle de dire : « *Qui beve da solo, muore da solo !* » . . . Je n'avais qu'à m'adresser à lui en ces termes : « Que faites-vous ce soir ? »

Comme on dit de l'enfer qu'il est pavé de bonnes intentions, je suis certaine que les villes aussi sont pavées de toutes sortes de beaux projets, de rencontres qui n'ont pas eu lieu, d'amours qui ne sont pas nées et de bonheurs qui s'étiolent, solitaires comme des arbres nains dans des baquets pas regardables.

Il faut croire que si j'ai résisté au réflexe de jeter ma bouteille à la mer et mon désarroi dans l'âme en peine d'un possible bailleur de fonds, c'est que je n'étais pas regardable non plus et que, de peur d'être rabrouée comme une clocharde, j'ai choisi de rentrer chez moi en rasant les murs du côté de l'ombre, ce qui présentait le double avantage de me transformer en silhouette dans le décor urbain et de me soustraire aux rayons chauffants du projecteur solaire.

Mais ce qui me semble le plus curieux, c'est que je n'ai plus rencontré une seule guérite de la compagnie Bell : à partir de ce moment, de ce moment précis, je m'en souviens, l'envie de prendre des nouvelles de Karine m'est tout à fait sortie du cœur et de l'esprit . . .

Doumka était enragée . . . J'avais laissé les trois lucarnes ouvertes à cause de la canicule et, du trottoir d'en face, on percevait ses petits cris saccadés par-dessus le roulis des voitures. Toute énergie revenante et décuplée par le boniment de ma pensionnaire, je crus qu'il m'était poussé des ailes à moi aussi pour passer inaperçue, en rase-mottes, devant la loge de la concierge, mais la pouffiasse m'attendait au premier palier, les deux poings enfoncés dans les coussins raboteux qui lui servent de hanches :

« C'est pas possible ! Cet oiseau-là, c'est pire à endurer que la guitare et la flûte ensemble ! Vous allez me foutre ça aux ordures, sinon . . .

— Sinon quoi, vieille harpie ?

— Sinon, c'est moi qui lui tordrai le cou !

— Ah oui ? viens-y donc voir un peu, bouchère ! C'est le plumage qui te tente ? pour t'en chatouiller le triple menton ? et puis quoi encore ? ce qu'il y a sous les plumes, tu t'en garnirais la panse ? »

Je pourrais m'amuser encore à te fignoler ce pittoresque dialogue digne du fond de cour de la rue des Épines, entre deux cordes à linge, mais, fort heureusement pour la littérature, la destinataire de cette lettre et mes rapports harmonieux avec autrui, et semblable en la matière au commun des mortels hypocrites, froussards et refoulés que nous sommes face à l'autorité régnante, je me contente toujours de dorloter mes insultes à l'état larvaire dans le subconscient patient de ma bonne conscience . . .

La vérité, c'est qu'en contournant cette montagne avec des précautions d'alpiniste . . . (je te jure : depuis ton départ elle a grossi du double, mais contrairement à Agrippine qui répartit la cellulite sur toute sa circonférence comme une baleine, madame Yvonne, elle, n'exerce aucun contrôle sur une graisse mutine et anarchique qui se distribue à la débandade comme s'est distribuée la terre dans la nuit des temps, ornant la planète de merveilleux accidents géographiques . . . qu'on pourrait malheureusement comparer, dans le cas d'une personne, à des accidents catastrophiques ! . . .) Je disais donc qu'en me garant de mon mieux des bourrelets, aiguilles, massifs, pitons, capitons, et autres gênants reliefs de cette borne de chair glaise, j'ai échangé avec elle des propos courtois, respectueux et plus rafraîchissants que la douche d'eau froide que je me promettais :

« Je suis désolée, madame, elle doit manquer d'eau . . . ou de caviar ! Je suis partie très tôt ce matin !

— Vous n'avez pas d'ennuis au moins ? me susurra-t-elle, salive à la bouche à cause du caviar, et larme à l'œil à la pensée sans doute de mon loyer en souffrance par la faute du bec fin de mon invitée.

— Oh non ! pas d'ennuis, madame Yvonne, merci ! Excusez-moi ! »

Et je pensais en gravissant les degrés quatre à quatre : « Pas d'ennuis ! Je suis seule. Seule au monde avec une perruche ! J'ai envie de mourir, mais je n'ai pas d'ennuis du tout : la preuve ! . . . »

Un moment de plus, penchée sur la rampe, je laissais choir ma preuve, c'est-à-dire le chèque du paternel, sur la crête de la commère dont la voix se haussait jusqu'aux combles :

« Je n'ai pas vu votre frère dernièrement ? . . . Et mademoiselle Mélie ? vous avez des nouvelles ? »

Guenon ! Vieux torchon ! Poulie grinçante ! Vipère de *Biagio da Cesena* ! Monstruosité michelangelesque ! . . .

Seigneur ! ça va me reprendre ! Tant qu'il y a de la colère, il y a de l'espoir ! . . . Voilà, chère Adèle si joliment proportionnée sous votre mante religieuse, Adèle aux rondeurs décemment et patiemment secrètes sous l'amovible plastron, gracieuse bête à bon Dieu avec vos deux pommettes rouges . . . voilà, chère maîtresse, le clou de l'enseignement que vous auriez dû planter dans le cœur trop tendre de vos enfants de Marie : « La colère est la mère de la vie ! »

Doumka t'en soufflerait quelque chose ! C'est de colère assurément qu'elle a survécu lorsque, le gésier dans les pattes à force d'inhabituelles prouesses aériennes, elle a tenté en vain de réintégrer ses quartiers généraux afin de piquer une bonne tête dans sa mangeoire . . . Oui . . . c'est ma faute, je sais, ma très grande faute ! Encore une fois, j'ai mal refermé le grillage et si l'oiseau a pu aisément l'ouvrir d'un coup de bec pour s'échapper, l'opération contraire s'est avérée impossible étant donné que la poussée de l'envol avait dû imprimer au ressort un réflexe assez violent pour enclencher solidement la porte.

Je sais, tu me l'as dit cent fois ! . . . Et cent fois, je n'ai fait attention qu'à la tige de métal jaune, brillant entre ton pouce et ton index, qu'à ton profil de clair ivoire découpé sur les barreaux de laiton . . . J'aurais donné mers, mondes, et Doumka pour prolonger d'un jour ou deux cette leçon que je négligeais de retenir à cause du bonheur de te l'entendre répéter . . .

Mais, la faute commise et la cage vide, si nous avions le plus grand mal à dénicher et capturer la vagabonde, c'est parce que tu criais trop fort, *cara mia* ! Avec moi, elle se comporte bien autrement : sachant d'instinct que je suis du bois dont on fait les flûtes, le genre de fille à me laisser marcher sur les pieds et monter sur la tête, c'est elle qui crie ! Et c'est toujours ça de pris comme distraction : j'ai passé un bien joli moment à servir de cible à cette petite furie emplumée qui cinglait sur moi avec des intentions de condor des Andes et ne réussissait qu'à me frôler l'épaule d'une aile en papier de soie.

J'avais beau tendre le doigt, elle ne s'y posait pas plus que sur le bout de goujon dont je m'étais servi pour maintenir toute grande ouverte la porte de la cage. Alors, je me suis étendue sur le divan, bien décidée à faire la sieste jusqu'à ce que mon hélicoptère se pose quelque part. Naturellement, mine de rien, je maintenais mon bras à l'horizontale et tenais mes doigts bien écartés comme autant de pistes d'atterrissage et de perchoirs possibles, et j'allais m'abandonner à de douces songeries à ton sujet lorsque j'ai avisé les trois lucarnes . . . béantes comme gouffres . . . même pas masquées d'un chiffon . . . C'est encore une idée à toi : que l'air et la lumière nous étant mesurés, il serait criminel de les tamiser ! Sois maudite, Mélie ! pour la peur que j'ai eue ! Sois damnée à jamais pour mon cœur en morceaux à la seule idée que si Doumka n'avait pas pris le large en mon absence comme tu l'as fait, c'est parce que, plus courageuse et plus franche que toi, elle avait préféré m'attendre pour me faire des adieux convenables avant de s'esquiver . . .

Alors, j'ai fait ce que j'aurais fait pour toi : jouant le tout pour le tout, quitte ou double, je me suis relevée avec une lenteur apostolique et romaine si calculée qu'elle me coûtait, jusqu'au bout des ongles et des entrailles, des douleurs de vestale qui coucherait avec un homme . . . (J'ai des choses à te dire à ce sujet . . . *un poco più tardi* ; tu m'y feras penser ?) Bien résolue à suivre Doumka dans le vide si elle s'y élançait, je me suis dirigée, à pas de louve étrusque, vers les trois œils-de-bœuf . . .

Comme je suis encore là, en train de t'écrire, ta fine intelligence aura déjà conclu que je les ai fermés avec des paupières de fortune : en l'occurrence, il m'a suffi d'attraper la housse de la guitare et de la mettre en trois morceaux, ce qui a eu sur la voltigeuse l'effet fracassant d'un « voile du temple déchiré », la refoulant vers les fonts baptismaux, c'est-à-dire vers la salle de bains où, perchée sur le pommeau de la douche, bien sage et bien muette, elle a attendu que j'aille pleurer sous son égide, en me lavant tout le corps, y compris la chevelure, à l'eau salée . . .

Comme bien tu dois penser, mon exploit n'a pas eu sur mon frère, le lendemain, la même sorte d'impact et j'ai dû sacrifier un lambeau de notre bel édredon pour lui clore le bec et langer son enfant chéri qui frissonnait, les cordes vocales à nu.

En ce qui concerne les rideaux, je suis bourrée d'inspirations et, quelquefois (tandis que ma main droite fait la boule et la roue entre deux épineux paragraphes), il m'arrive de les festonner mentalement de pompons ou de grelots et d'en finir l'ourlet au point d'Alençon, mais comme je ne suis pas douée, tu le sais, pour enfiler une aiguille et mettre à exécution de pareils projets, j'ai bien peur que tu ne doives toi-même, à ton retour, remplacer par un dispositif plus commode et plus attrayant (genre tringle en beau bois de rose), les sempiternelles punaises dont Pascal et moi faisons grand usage en décoration. Tu pourras également, si cela te chante, recoudre la housse et orner la lumière d'un tissu plus léger, ou bien envisager la solution d'un fin grillage, mais j'aime autant te prévenir que je serai intraitable sur la question : l'air et le jour n'entreront plus ici comme dans un moulin !

Évidemment, ce n'est pas avec de semblables propos que je vais te rapatrier . . . Mais j'en ai d'autres . . .

J'ai oublié de faire état d'un détail pourtant majeur dans le récit qui précède : tout le temps qu'avait duré ce que j'appelle « mon exploit », la sonnerie du téléphone en avait ponctué les étapes d'un tam-tam régulier mais, dans un état voisin de la transe et d'une hystérie contrôlée à grand renfort de concentration, sans doute ai-je confondu cette sonnaille mécanique avec le clocher que Doumka avait mis en branle dans sa gorge. D'ailleurs, l'urgence de la situation devait me distraire d'autant plus facilement de cet appareil de malheur qu'il me dérange en général pour des prunes ou pour Pascal, raisons pour lesquelles je le tiens en piètre estime et l'envoie la plupart du temps promener au bout de sa laisse de treize pieds jusqu'en des recoins connus de lui seul, ce qui me fournit une bonne excuse pour l'ignorer : je ne le trouve pas !

Rien n'empêche . . . il avait sonné ! . . . Un nombre incalculable de fois ! . . . Et pour moi ! . . . Je l'ai su vers deux heures du matin, entre samedi et dimanche, lorsque Pascal est enfin rentré et qu'il m'a trouvé par terre, gisante et baignant dans mon sang, les deux poignets ouverts . . . Sur la table tournante, la Mort jouait avec la Jeune fille et, paraît-il, mon souriant visage était tourné vers celui des deux haut-parleurs qui déversait sur le tapis agrippinien le poignant délire du violoncelle . . . Avec un sang-froid remarquable, Pascal prit la situation en main, en évitant de mettre les pieds dans les débris d'un miroir ancien de petit format dont le cadre mouluré avait été également mis en morceaux ; d'un geste aussi vif que précis, il mit en sûreté, dans la jardinière la plus proche, sous les ailes d'un philodendron géant, le médaillon doré que . . .

On aura tout lu ! . . . Ne t'affole pas, Mélie ! c'est ma plume insensée qui vient de pondre toute seule ce gros fait divers. J'allais tout doucement tomber dans le piège, glisser vers le reportage et me regarder mourir à la troisième personne lorsque le miroir et le médaillon m'ont mis la puce à l'oreille ! À temps ! Emportée par je ne sais quelle fougue macabre, ma pauvre petite scribe a oublié que ce miroir est encore en vitrine, *via Coronari*, à Rome, et le médaillon à l'état d'ébauche dans le cahier à dessin d'un joaillier montréalais, très snob et très « chèrant » . . . Je la soupçonne d'avoir eu l'intention de pousser fort loin la plaisanterie, car il me traîne encore au bout des doigts de longs sanglots de violons, ainsi qu'une profusion de détails morbides dont je te fais grâce mais qui seraient de nature à alimenter la conversation de madame Yvonne pendant tout une année . . . d'autant plus qu'elle eût été aux premières loges pour anticiper l'attraction de mes obsèques et pour corriger la version des journalistes . . . Je ne puis cependant pas en vouloir outre mesure à cet outil dévoué et perspicace qui ne ménage ni sa pointe, ni son encre, et qui a peut-être avant moi deviné que ton attention fléchissait . . .

Dans la vie, comme au cinéma, il est bien connu que la mort réveille et qu'un peu de sang, artistement répandu, ne fait pas de tort à l'affaire : si mon suicide inventé et manqué me vaut l'honneur d'une cigarette et une recrudescence de ton intérêt, je ne puis honnêtement faire le moindre reproche à la responsable d'un tel prodige . . .

Néanmoins, je dois à la vérité de remettre les choses à leur place et ma personne en costume d'Ève sous la douche d'eau froide et salée, laquelle aura, je l'espère, un effet tranquillisant sur un récit que je voudrais linéaire, étale et discret comme la douleur qui l'inspire et la vie que je mène. Nous arriverons peut-être, ma fidèle compagne et moi, au résultat qu'elle a pressenti, mais cela sera, je le veux, sans coup d'État ou de théâtre qui risquerait d'exagérer ou de fausser la portée du geste le plus raisonnable et le plus courageux du monde.

Ne va pas croire, ma chérie, que je te fais là un vil chantage. Primo : je t'aime et te déteste encore avec trop de violence pour atteindre au nirvana des passions éteintes et te soulager magnanimement du poids de mon existence. Secundo : il suffirait, tu t'en doutes, que tu consentes à vieillir avec moi pour que j'accepte avec joie les innombrables inconvénients inhérents aux « délices » du troisième

âge, sauf, bien entendu, l'inconvénient du désamour.

. . .

Excuse-moi un instant, Mélie, il me faut rédi-
ger ici une petite page ou deux à l'intention de
Pascal, pages qui serviront de maquette de couverture au manuscrit que je ne prends même plus
la peine de cacher depuis l'affaire des feuilles volantes, tout en usant des précautions d'usage et
d'astuces bien connues pour prendre régulièrement mon fouineur en flagrant délit : il me suffit de
remarquer tel adjectif sur lequel j'ai laissé ma
plume en repos, ou bien de placer sur les lettres de
ton nom deux cheveux en croix et je n'ai pas
besoin de plus voyants jalons pour m'apercevoir, à
leurs déplacements, qu'on fait des fouilles dans
mon « fort » intérieur. Pascal n'en peut plus, c'est
évident ! Avant la crise de nerfs, autant mettre un
terme honnête et définitif à cette situation. *Mi scusi,
cara mia* . . .

À nous deux, limier ! Ce qui compte pour toi,
je le sais, c'est que depuis un bon moment je suis
toute nue sous la douche et que, donc, le chèque . . . j'en ai disposé ! Eh bien oui ! là ! mais
d'une façon qui ne te plaira pas malheureusement ! Tant pis ! voici comment ces tristes choses
se sont passées : au moment où j'ai retiré ma che-

mise, le papier m'est évidemment tombé dans les mains ; je l'ai relu, admiré, évalué et, comme font tous les rêveurs dans ces cas-là, je n'étais pas loin de bâtir un gratte-ciel dessus pour y loger tous mes bonheurs futurs lorsque, s'ébrouant au sommet d'un observatoire qui devait avoir pour elle les dimensions de la colonne Trajane, Doumka m'a conjuguée au présent de l'indicatif, me rappelant qu'elle était là par miracle et qu'elle comptait sur moi pour un retour moins spectaculaire à son lointain bercail.

Alors, machinalement, je me suis mise à rouler le chèque dans le sens de la longueur et j'en ai fait un joli perchoir de fortune que j'ai bagué d'un élastique. Ainsi, j'allais pouvoir commodément procéder au sauvetage, une fois terminées mes ablutions auxquelles ma compagne, sans doute rassérénée par mon geste artisanal et la vue de son radeau, prenait le plus grand intérêt . . . du moins ai-je eu la vanité de le croire, car je ne me suis pas trouvée vilaine du tout dans la glace, amenuisée des nourritures terrestres dont tu avais jugé bon de remplir ta gibecière avant de partir en vacances, et mon tour de taille n'ayant pas encore encaissé les merveilles culinaires de Karine . . . Toujours est-il qu'une fois rassasiée de mon image qui, décidément, même en beauté et fleurant le savon, ne me dit rien qui vaille, j'ai tendu le chèque à Doumka

140

qui s'y est posée d'un bond ravissant et que j'ai pu reconduire ainsi jusque chez elle et installer devant sa mangeoire. Ensuite, j'ai retiré le goujon qui avait tout ce temps maintenu ouverte la porte de la cage et, après l'avoir soigneusement refermée, je l'ai verrouillée au moyen d'une languette de « scotch tape ». Mais . . . voilà où les choses se gâtent et où le bât va te blesser : cette opération ayant nécessité l'usage de mes deux mains, j'avais distraitement placé le chèque entre mes lèvres et, tout aussi distraitement, plongée dans je ne sais quelle pensée profonde (que cherchent à repêcher, inlassablement et en vain, toutes les victimes de la folle du logis et d'une fatale seconde d'inattention), j'ai dû prendre ce que j'avais à la bouche . . . pour une cigarette !

Cher Pascal ! tu fais vraiment plaisir à voir ! C'est ainsi que je t'aime le mieux, tremblant de tous tes membres, refusant l'inéluctable, furieux jusqu'aux sanglots et soulevant mes jupons pour t'y abriter comme sous de miraculeuses ombrelles que ne pourraient traverser les calamités atmosphériques, ou psychologiques . . . Mais je ne porte plus de jupons depuis longtemps mon chéri, et de ton côté, j'entends sonner l'heure de te conduire en afghan adulte, fier, raisonnable, et non pas en chiot gâté. Le moment est venu d'avaler cette grosse pilule que les riches administent aux pauvres pour les endormir et que j'ai souvent tenté moi aussi de te faire croquer (dans le même but et faute de pouvoir t'en payer de meilleures !) : « L'argent ne fait pas le bonheur ! » La preuve, c'est que celui-là, encore à l'état de promesse, empoisonnait déjà notre existence, nous inspirait de laides pensées et risquait de rompre ce lien délicatement parfumé d'amour incestueux qui a jusqu'à maintenant donné à notre vie commune un charme d'autant plus rare qu'à l'instar du commun des mortels (qui fait semblant néanmoins de l'ignorer), nous sommes tous deux difficilement « classables » sexuellement, sinon d'après les apparences d'un vêtement charnel aussi trompeur que l'habit sur le moine.

Admets que nous l'avons échappé belle ! et que j'ai eu bon nez d'allumer cette cigarette-là, même si c'est par inadvertance et risquant de m'infliger à la figure les irréparables outrages que la flamme a causé au tapis d'Agrippine et à mon pied nu qui le défendait.

Pardonne-moi de t'avoir donné une autre version de l'incident, mais je n'allais pas te dévoiler pour si peu l'existence d'un vil papier . . . qui n'existait même plus ! Parlons d'autre chose, veux-tu ? et filons comme avant notre jolie quenouille. Joue-moi ce que tu sais de plus beau, mon doux Segovia . . . et je t'écrirai une interminable lettre, très littéraire et très sincère, bourrée de phrases si complexes — étoffées d'indépendantes subordonnées, fourmillantes de relatives affirmatives ou interrogatives, agrémentées de circonstancielles causales finales coordonnées ou juxtaposées, entre guillemets, tirets et parenthèses —, qu'elles s'étendront chacune sur au moins trois feuillets et qu'à défaut d'en savoir faire l'analyse logique, tu pourras, tant la quantité des propositions sera impressionnante, en retapisser complètement la voûte de ton cénacle, au grand dam de Michel-Ange . . . ce qui me fera grand plaisir ! En attendant, je te boute hors de mon intimité et que je ne te reprenne plus la truffe dans mes pattes de mouche et mes secrets professionnels. À bon entendeur ! *Ti saluto affettuosamente* ! (P.S. Afin de m'éviter d'avoir encore recours à la ruse pour être certaine que tu m'as lue et que tout est clair entre nous, j'apprécierais fort de rencontrer au cellier une bouteille de Lejay-Lagoute sans avoir eu à t'informer verbalement que j'en manque et sans m'être souciée des moyens que tu trouveras pour m'en faire cadeau.)

Tout ça c'est bien beau, Mélie, mais tu n'en crois pas un mot naturellement. Je suis au regret de te dire que tu as tort . . . à un détail près ! Dans ce détail, Pascal ne verra que du feu et le trouvera d'autant plus plausible qu'il sait véridique tout le reste de l'histoire : c'est lui qui soigne mon pied gauche, réellement brûlé, au prix d'horribles douleurs et au point que mes hurlements ont attiré madame Yvonne qui m'a donné les premiers soins tout en bougonnant qu'elle en avait assez de mes extravagances et que, non satisfaite de me mettre à la porte, elle me conduirait elle-même à Saint-Jean-de-Dieu, si mon cas s'aggravait d'une subite passion pour le nudisme intégral et d'une tendance à la pyromanie . . . S'avisant alors du peu de lumière qui baignait la pièce et du bizarre accoutrement des lucarnes, elle allait carrément me mettre sur le dos un indice supplémentaire de folie furieuse lorsque, pour la calmer (m'étant munie d'un coussin pour cacher le principal de mon indécence), j'ai pointé du doigt la cage où Doumka se remettait de ses émotions à la façon de toutes les maîtresses de maison : en vaquant aux soins du ménage, essayant de faire passer entre deux barreaux le fameux détail bleu bagué d'un élastique qui encombrait son espace vital . . . (« détail » qui n'était pas en cause, tu l'auras compris, lorsque, ayant voulu m'éclairer romantiquement à la bougie pour boire un coup en pensant à toi, ce maudit carton d'allumettes s'est pris pour un feu d'artifice, causant les susdits dégâts).

Ma bonne infirmière regardait dans la direction que j'indiquais mais ne se calmait pas aussi radicalement que je l'avais espéré. Au contraire, j'allais en être quitte pour un sermon sur les « attachements anormaux », les « amitiés particulières » et le curieux penchant qu'ont les femmes seules pour les animaux, quand je me suis décidée à prendre la parole en lui lançant par la tête un tonitruant « *basta* » ! après quoi j'ai réclamé le précieux document que ma perruche traitait comme un torchon et dont madame Yvonne a su, deux minutes après, saisir l'importance à sa juste valeur chiffrée m'offrant avec beaucoup d'empressement, et l'humeur toute ragaillardie, de le mettre en sécurité dans son coffre-fort jusqu'à ce que je sois en état d'en disposer.

Tu vas encore trouver le moyen de me faire des reproches, je le sais, et me blâmer de ne pas t'avoir dit plus tôt que je me déplace depuis dix jours sur un seul pied, à l'aide d'une canne, ce qui équivaut à m'accuser de t'avoir menti à plusieurs reprises lorsque je t'ai parlé de mes allées et venues. Tu as raison, Mélie, mais je ne voulais pas t'inquiéter : tu m'aimes tant ! Remarque, ce soir-là, après le départ de la concierge, quand je me suis vue si cruellement marquée par mon destin, non seulement éclopée mais abandonnée de tous, j'ai bien pensé à te télégraphier, mais pour la raison majeure que tu connais, je ne pouvais le faire sans passer encore pour une folle lorsqu'on m'aurait demandé ton adresse . . . *La sinistra ? La destra ? L'angolo ? Dov'è Melia ?* . . .

C'est à ce moment-là que j'ai pris la résolution d'espérer contre toute espérance, de recommencer sérieusement et longuement à t'écrire, de me remettre à l'étude de l'italien et d'apprendre par cœur, textes et images, les beaux livres que tu m'as envoyés . . .

Mais lorsque Pascal est rentré, flanqué de son acolyte, je devais dormir depuis plusieurs heures, car j'ai eu le plus grand mal à déchiffrer non seulement leurs personnes, mais l'incohérence de leurs paroles. Sans doute, au pied de l'escalier, mon gros chien de garde avait dû leur aboyer mon aventure, mais ce qui émergeait de tout cela c'était sans cesse le mot « téléphone » . . . sonnerie du « téléphone » . . . où est le « téléphone » ? . . .

Karine a accouché d'une petite fille . . . complète mais si chétive qu'on la garde sous cloche. Toute la soirée elle a voulu qu'on m'avertisse, elle a souhaité ma présence et mon réconfort. Toute la soirée quelqu'un me réclamait en agitant des sonnailles dans mes oreilles et je n'entendais rien que les cloches de mon couvent . . . Une sorte d'interminable angelus qui alertait mon sommeil comme pour le tenir aux aguets, à la lisière d'un rêve si étrange qu'il me fallait à tout prix le retenir, afin de pouvoir te le raconter . . .

C'est l'aube. Les premières lueurs éclairent une dizaine de lits blancs disposés en cerceau autour du mien, à la façon des pétales d'une énorme fleur, comme si j'en étais le cœur vivant. Dans chacun des lits une petite fille est assise et me fixe d'un regard dur, en joignant les mains. S'ouvre la porte du dortoir et paraît sœur Adèle, munie de la longue baguette dont elle se sert d'habitude pour indiquer les choses au tableau. Lentement, elle fait le tour du cerceau comme une sentinelle parcourant un chemin de ronde. Les enfants ne semblent pas la voir et ne pas non plus sentir le léger et bref coup de baguette magique qui, à tour de rôle, les fait choir sur l'oreiller, décroiser les doigts, et se rendormir. Puis, sœur Adèle pose l'objet par terre et s'assoit sur le pied de mon lit.

Toute ces choses mettent un temps infini à s'accomplir. Comme si c'était le carême. Ou les quarante heures. Puis, sans que j'aie remarqué qu'elle l'avait à la main, elle dépose sur mes jambes un bouquet d'azalées. De la même façon, comme une magicienne, elle ouvre son corsage et il s'en échappe un pigeon mauve qui vient se poser tout près de mon visage en laissant tomber sur mon ventre un minuscule miroir ancien encadré de dorures . . . Alors, elle dit : « Tu m'appelleras Adèle, quand nous serons seules . . . et quand je serai loin tu me trouveras dans ce miroir. »

Tout cela prend un temps infini. Une sorte d'éternité. Puis, à la faveur d'un rayon de soleil, je m'aperçois qu'elle n'a plus son voile sur la tête et que ses cheveux sont dénoués. Très longs. Très lisses. Très pâles. Elle porte les deux mains à sa nuque comme si elle avait mal, mais elle sourit et ses deux mains reviennent ornées d'une chaînette en or et d'un médaillon. Elle me prie de m'asseoir. Il y a deux pigeons maintenant sur l'oreiller ; je les entends nettement roucouler dans mon dos tandis qu'Adèle attache le sautoir à mon cou en disant : « Tu n'oublieras pas de m'appeler Adèle seulement quand nous serons seules ! Et quand je serai loin, tu n'auras qu'à ouvrir le médaillon pour que ma chevelure se déploie sur tes genoux. »

Autour, les écolières dorment profondément, bien que le soleil soit déjà si haut qu'il traverse les rideaux verts, faisant resplendir comme deux émeraudes les yeux d'Adèle et comme deux rubis ses pommettes saillantes. Alors, beaucoup plus bas, et comme pesant chaque parole, elle ajoute : « Il faudra être très courageuse . . . » et moi je ne comprends pas qu'il faille du courage pour être si heureuse, car ses mains ont dénoué le ruban de ma chemise et descendent à présent le long de mes bras nus comme une eau chaleureuse et parfumée . . . « Ce que tu apprends ici, tu le sauras toujours, mais il ne faudra jamais faire semblant de l'ignorer . . . »

Disant cela, elle m'a quittée d'une main pour s'emparer de la baguette et, comme un enfant laisse traîner un bâton le long d'une clôture pour le plaisir du bruit, elle crée autour d'elle, sur les montants des lits, une petite musique de métal qui les fait un à un disparaître, en même temps que le soleil se recouche aussi furtivement que les lampions s'éteignent à la chapelle. Dans le noir, j'entends se multiplier les bruissements d'ailes et les froissements d'étoffe . . . J'ai peur . . . « Quand tu auras peur, dit Adèle, collant à ma joue la chaude soie rouge de sa joue, il faudra te mettre à compter . . . *Uno* . . . *Duo* . . . *Tre* . . . Bientôt je pars pour Rome où il y a, paraît-il, sept collines. Je les compterai pour toi, et toi, tu m'écriras pour me dire combien de pigeons viennent picorer dans ta main, la nuit, lorsque tu penses à moi . . . Mais il faudra que tu sois courageuse : demain, on te renvoie chez tes parents ! »

Et moi, comptant sans les voir les fronces de ses jupons, je ne comprends pas le sens de cette petite phrase. J'attends la suite d'une autre histoire . . . « À Rome où on m'exile, enchaîne Adèle, il y avait autrefois la maison des Vestales. On n'y entrait qu'à condition d'être fille, jeune, belle, de haute et noble naissance, et de faire le vœu de n'appartenir jamais à aucun homme. Mais il faut toujours appartenir à quelqu'un et les Vestales se donnaient l'une à l'autre autour d'un feu sacré qu'elles avaient mission de ne pas laisser mourir. Si l'une d'elle sortait de la maison, la nuit, pour s'aventurer seule dans la forêt voisine du Palatin et, par malheur, en revenait enceinte, elle ne voyait plus le jour, ni elle, ni l'enfant « commis ». Quant aux autres, restées fidèles à leur serment, elles vivaient très heureuses et très longtemps, pratiquant si bien la stérile religion du feu et bernant avec tant de candeur les dieux qui les croyaient chastes, qu'en récompense ils recueillaient précieusement leur dernier souffle pour l'aller mettre en sécurité dans la gorge en marbre de grandes statues dont plusieurs respirent encore aujourd'hui . . . Mais il faudra être très courageuse, ma petite fille. »

Tout en parlant, Adèle m'a doucement posé les pieds par terre et, d'un pan de sa mante religieuse me couvrant les épaules nues, elle m'a entraînée dans son paysage peuplé de basiliques et de temples en ruines, de colonnes allongées par terre et d'arcs de triomphe aux sculptures mutilées . . . Nous nous sommes assises sur la margelle d'une fontaine qui n'avait plus ni nom ni eau et Adèle, de nouveau, m'a tendu la gerbe d'azalées tandis qu'une volée de pigeons mauves habitaient le bleu du ciel, par-dessus les magnolias odorants et les pins parasols . . .

C'est alors que la plus grande des Vestales qui respirait encore est descendue de son socle en faisant bien attention de ne pas déchirer sa tunique et ses voiles. Elle nous a reconduites à la sortie du forum et, d'une voix coléreuse, a dit : « Les temps n'ont pas changé . . les temps ne changent pas ! » . . .

Tout cela met à s'accomplir d'insondables éternités, ponctuées de sonnailles d'angelus . . .

Karine agitait son désespoir sur mon sommeil, mais je n'entendais rien que le tumulte éclaboussant de mon rêve . . .

La nuit va bientôt tomber, mais le dortoir est encore désert et les draps encore lisses sur les lits blancs alignés contre le mur. Adèle tente, à petites gorgées d'asparoline, de résoudre les démêlés de mon ventre avec la lune et d'alléger le poids du chagrin qu'elle me fait lorsqu'elle me préfère Annie à cause de sa belle chemise en dentelle bien mieux drapée que la mienne, ou bien Sophia, parce qu'elle est romaine . . .

* * *

J'ai bien l'impression que ce rêve, Mélie, c'est mon testament.

Il me semble que mes yeux n'ont rien d'autre à faire de plus urgent et de plus salutaire que de prendre un bain salé . . .

L'encre se dilue dans l'eau . . . Le papier gondole . . .

Quel prix faut-il payer pour le bonheur, Mélie, dis-le-moi ? Dis un chiffre . . . Je mourrais si contente de savoir que je ne pouvais pas m'offrir mieux avec ma « monnaie-du-pape » qu'un billet d'avion pour une ville éternelle où tu fus la plus passagère des émigrantes . . .

Il existe, en italien, un mot que je préfère à tous ceux que j'ai appris ; je te le donne en cadeau, mon amour : « *appassionata* ».

Renée

ADDENDA

Bien cher éditeur,

Renée ne m'avait pas donné signe de vie depuis plusieurs semaines, et je la croyais encore « en mission » dans la Ville éternelle, lorsque Pascal est venu m'entretenir d'une tout autre éternité et me remettre ce document qu'on avait trouvé près de sa sœur morte. L'enveloppe, non cachetée, m'était adressée.

Il m'a demandé d'agir comme je l'ai fait, mais il a posé certaines conditions . . . Tout en admettant qu'il puisse être naturel pour un écrivain de prendre autant d'aises avec la réalité et de jongler de façon aussi cruelle avec l'existence d'êtres chers — sans même prendre la peine de leur donner un prénom d'emprunt —, il a exigé que je rétablisse certains faits, afin de mettre à l'abri la réputation de personnes encore vivantes, alors que notre pauvre

155

Renée ne doit plus guère se soucier de la sienne là où son esprit et son cœur ont enfin trouvé le repos.

Disant cela, Pascal songeait pourtant aussi à la réputation de sa sœur, mais pour ma part, je doute que nous lui rendions service à cet égard en donnant les précisions qui vont suivre . . . qu'honnêtement d'ailleurs je ne puis accréditer, car, de tout ce qui concerne la vie privée de ma douce amie, je reconnais encore une fois m'être fort peu souciée.

Je me rends tout de même de bon gré au désir de Pascal et, sûre de sa parole, j'affirme que la destinataire de cette lettre n'a jamais existé, sinon en la personne même de la rédactrice qui avait rapporté d'un séjour prolongé à Rome à la fois la documentation dont elle parle et une passion si exaltée pour cette ville qu'elle semblait continuer d'y vivre, même de retour sous les combles de la maison paternelle où elle s'est enfermée à double-tour pendant dix-sept jours consécutifs et qu'elle n'a même pas quittés pour descendre à l'étage au-dessous la nuit où Karine — sa belle-sœur tendrement aimée — accouchait prématurément d'un enfant qui n'a pas survécu.

(Karine est l'épouse de Pascal, et j'ai personnellement beaucoup de mal à comprendre cette attitude, car lors de mes visites sur le Mont Royal, Renée ne pouvait se passer de la présence au grenier de cette jeune et très jolie femme ; c'était

156

merveille de les voir toutes deux, bavardes, en-
jouées, se vouant l'une à l'autre une admiration
égale et sans bornes.)

Lorsque Pascal m'a raconté cette terrible nuit
où sa femme réclamait en vain la présence de sa
belle-sœur, l'idée m'est tout de suite venue que
Renée avait dû être autrefois si traumatisée par le
fait que sa mère était morte en lui donnant le jour, à
lui, et qu'elle devait à ce point maudire et craindre
cette grossesse qu'elle se sentait absolument incapable de secourir Karine . . .

Mais voilà ! dans le pauvre petit coffret de mes
souvenirs, ma mémoire venait de repêcher . . . un
mensonge ! Renée n'avait pas dix ans, mais bien
treize ans lorsque sa mère est morte, non pas en
couches, mais sur le divan d'un psychanalyste,
dans des circonstances dont, évidemment, on évi-
tait de parler à haute voix devant le jeune enfant ;
c'est seulement quand il fut en âge d'écouter aux
portes qu'il apprit que sa grande sœur avait été
renvoyée du pensionnat précisément vers cette
époque, à la suite d'un scandale auquel il ne com-
prenait rien, dont il ne devine qu'aujourd'hui la
nature, et qui peut bien n'être pas sans rapport
avec les troubles qui ont mené sa mère à l'asile et à
la mort.

Il n'est pas impensable non plus — c'est du
moins ce que Pascal, en pleurant, a maintes fois

supposé devant moi —, que Renée ait hérité de quelque déficience ou maladie mentale, et ait été atteinte depuis son enfance d'une schizophrénie si discrète que personne autour d'elle n'a su la nommer, mais que ce séjour à Rome aurait mystérieusement exarcerbé jusqu'à la conduire au suicide.

J'en aurai pour longtemps, et Pascal sans doute pour toute la vie, à tenter de résoudre ces énigmes dont il m'a prié de vous faire part dans l'espoir qu'elles seront de première importance pour certains lecteurs soucieux d'aller au fond des choses . . . plus loin que les mots . . . au-delà de la littérature . . . pour ceux, surtout, que passionnent davantage les questions que les réponses.

S'il m'est aisé, en tant qu'écrivain, d'apprécier pour ses qualités d'invention et pour le climat qu'elle suggère une œuvre à laquelle — malgré ma vigilance —, j'ai peut-être même ajouté la dimension de mes propres folies, je crois bien, par contre, que jamais Pascal ne pardonnera à sa sœur de s'être peinte sous des traits si méprisables et se soit révélée à la fois si naïve et si rusée alors que, dans la vie, elle était l'intelligence et la droiture mêmes, comme il lui en voudra toujours d'avoir fait de lui l'un de ces énergumènes que moi j'aime bien, mais que lui ne peut croiser dans la rue sans avoir la nausée.

Il me reste à disculper quelques autres personnages, et cela m'est plus facile cette fois, car, si peu que ce soit, je les ai connus, au moins en apparences . . .

Ainsi, la belle-mère . . . Il est très étrange qu'elle ait subi un sort aussi ingrat, car non seulement elle est physiquement le contraire d'une obèse, mais le seul fait qu'elle entérine une possible publication de ce manuscrit prouve assez que moralement, elle est tout le contraire de ce que Renée prétend, c'est-à-dire la personne la plus attachante et la plus généreuse qui se puisse imaginer.

Pour ce qui est du père, s'il n'a pas échappé au carnage, c'est néanmoins avec un peu plus de vraisemblance, car il avoue lui-même être de commerce difficile et ne cache pas sa condition de « parvenu », mais sur ce point-là Renée a été un peu plus honnête en reconnaissant, d'une certaine manière, qu'il mettait sa fortune à ses pieds . . . Et elle serait bien obligée de reconnaître aujourd'hui que cet homme est le meilleur du monde puisque lui non plus ne s'oppose pas à cette publication posthume que, de toute évidence, elle a tant souhaitée.

Il n'en va pas de même pour ce pauvre Narcisse à qui la permission a dû être littéralement arrachée . . . car il a été outré que soit mise à sac, et défigurée de la sorte, l'amitié virile qui l'unit à Pascal depuis les bancs de l'école primaire, amitié

qui ne se dément jamais, maintenant qu'ils se cô-
toient tous les jours, à titre de répétiteurs et de
musiciens d'orchestre, dans les classes du Conser-
vatoire ou dans les salles de concert.

Voilà ! Je me suis acquittée de mon mieux de
ma dette envers Renée et de mon devoir envers sa
famille à qui je suis reconnaissante de m'avoir
confié ce document, en me donnant carte blanche
pour en faire un livre et pour le signer.

Il me reste, mon bien cher éditeur, à prendre
congé de vous pour une période dont je ne saurais
préciser la durée, car j'ai l'intention maintenant . . .
de vivre ! en observant ce qui se passe dans l'âtre
de mon foyer lorsque j'y mets le feu et parmi les
fleurs de mon jardin quand je les arrose . . . J'ai
l'intention surtout de consacrer à Karine qui a
grand besoin de ma présence, de mon réconfort et
de mon affection, toutes les heures qu'elle voudra . . .

Mais qu'advient-il des meilleures intentions
quand les mauvaises habitudes sont si bien ancrées ? J'ai déjà en tête le projet d'un recueil de
nouvelles et j'ai bien peur de n'avoir le temps de
vivre qu'après avoir pris celui de les écrire . . .

Monsieur Tisseyre, êtes-vous certain d'avoir
eu raison et d'avoir bien agi il y a quinze ans ? le
dix-sept octobre mil neuf cent soixante-trois ?

L. M-F.